ハヤカワ文庫 SF
〈SF2433〉

宇宙英雄ローダン・シリーズ〈707〉

クロノパルス壁の飛び地

H・G・フランシス＆K・H・シェール
岡本朋子訳

早川書房

9030

PERRY RHODAN
ENKLAVE CHRONOPULS-WALL
DER LETZTE AUFBRUCH
by

H. G. Francis
K. H. Scheer

Translated by
Tomoko Okamoto
First published 2024 in Japan by
HAYAKAWA PUBLISHING, INC.
This book is published in Japan by
arrangement with
HEINRICH BAUER VERLAG KG, HAMBURG, GERMANY
through JAPAN UNI AGENCY, INC., TOKYO.

目次

クロノパルス壁の飛び地

クロノパルス壁の飛び地

H・G・フランシス

登場人物

アトラン…………………………銀河系船団最高指揮官代行。アルコン人

エイドレ・ダール……………《ラクリマルム》船長

カーウェン・セイ
ケイヴィン・ケージ　｝………同乗員。クロノパルス壁担当の科学者

ヘルナン・オークス…………同乗員。量子技術者

ウィル・キンストン…………同乗員。年配の科学者

クアゴン・ターモール………ヴェンクセントラリア人

ベラ………………………………クアゴンが作った双頭のトカゲ生物

1

ケイヴィン・ケージは、画面に次々と表示される数字の列を見て驚いた。宇宙物理学的な予測に反する結果が出ている。かれは仕事の手をとめた。

「どうしたの？」カーウェン・セイがたずねた。「また大発見でもしたの？」

カーウェンは優秀な科学者だが、忍耐力がたりないため、何日間もスクリーンの前にすわって探知結果を評価するのが苦手だ。調査をはじめたばかりの段階で匙《さじ》を投げてしまいそうになることもめずらしくない。それでも最後には、大事な結果とそうでないものをほとんど本能的に見ぬいてしまう。それがカーウェンの才能だった。

ケイヴィン・ケージにはそのような直観力はない。何日間もひとつの問題に集中したあとで、結局それがむだだったとわかってしまうのだ。そういうわけで、カーウェンはケージの仕事のやり方をほとんど認めていない。とくにクロノパルス壁の調査に関しては、その傾向が強かった。せまい範囲に調査を限定することには意味がない。そう、カーウェンは考えていた。

　ケイヴィン・ケージは疲れきった顔を手でおおった。

「なんでもない」かれは答えた。

「じゃあ、なぜ手をとめたの？」

「六時間ノンストップで働きつづけているんだ」と、いらだちをあらわにする。「すこしぐらい休憩したっていいだろ」

「そこが、わたしとあなたのちがいね。わたしは二時間働いて、あなたが七時間働いても出せないような結果を出すの」

　カーウェンはそう吐きすてると、《ラクリマルム》のシントロン＝ラボから出ていった。ケージは閉まるドアの隙間から、そのうしろ姿を見つめた。カーウェン・セイから皮肉をいわれることには慣れていた。彼女はまだ、かれにふられた事実を乗りこえられないようだ。いまはエスコート船《シグヌス》に乗船しているべつの女性に好意をもっているのだと伝えたが、納得してはもらえなかった。

「残念だ」ケージはつぶやく。「せめて勤務時間内だけでも、冷静でいてくれたらいいのに！」

　ケージは目下問題をかかえており、カーウェンと話しあいたかった。船内でそれを理解し、評価できるのは彼女だけだったからだ。

かれはふたたびスクリーンに目を向けると、ファイルに保存されつづけている数字の列を確認した。また問題を発見して、そこから目がはなせなくなる。

「この問題をこれ以上分析することは不可能です」シントロニクスが説明した。「そのためにはより多くの情報が必要です」

「それはまだない」ケージは科学者らしく答えた。

何日も前から、《ラクリマルム》はクロノパルス壁の観測をつづけていた。エスコート船《シグヌス》も近くで待機している。

ケイヴィン・ケージは、発見した問題から導きだした理論をだれかに報告すべきか悩んだが、いまの段階ではやめておくことにした。

そのかわりに、これまでに評価した結果を確認し、自分の理論の正しさを再確認した。クロノパルス壁には一カ所だけ窪みがあった。それをもとに、ケージの理論は生まれたのだ。

自分にはそれを証明する義務がある。心のなかでそういってから、ファイルをわきに置いた。

その瞬間、奇妙な息苦しさを感じた。周囲のものが非現実的に感じられ、数字の列をうつしだしているスクリーンのひとつに顔のようなものが見えた。鋭く光る目は、こちらを見つめているようだ。

ケイヴィン・ケージは正気をとりもどそうとする。

なんどか深呼吸をして、しばらくすると、すべてがもとどおりになったように思えた。

働きすぎだ。自分にそういいきかせ、背伸びをして疲れを追いはらおうとする。

そのとき、なにかが飛びかかってきた。スクリーンのひとつから、奇妙なかたちをしたロボットのようなものが飛びだしてきたのだ。同時に恐ろしい笑い声も聞こえた。正体不明のなにかによって床にたたきつけられそうになる。

そのとき、ケージの頭に浮かんだ考えはひとつだけだった。一刻も早くラボを出なければ。目の前の出来ごとは錯覚ではない。謎の存在が、自分を破壊しようとしている。もしかしたら、知ってはならないことを知ってしまったのかもしれない。ケージは出口に向かって一目散《いちもくさん》に走りだした。

*

カーウェン・セイは飲料自動供給装置から紅茶をとりだしながら笑った。

「あなたって冗談を交えずに話もできるの？」カーウェンが量子技術者のヘルナン・オークスにたずねた。「一度くらい、わたしの質問にまじめに答えてくれたらうれしいんだけど」

「いつもまじめに答えているじゃないか」白髪の男はほほ笑んだ。背が低く、印象的な丸顔で、細い褐色の目は笑うとほとんど見えなくなる。鼻筋に黒い線を入れていた。かれはそれを気にいっていて、どんなにからかわれてもやめることはなかった。

オークスは飲料自動供給装置からフルーツ・ジュースをとりだした。

「ところで、仕事はどこまで進んでるの？」カーウェンはテーブル席に腰かけながらたずねた。《ラクリマルム》の食堂にはふたりしかいない。「もしかして、秘密にしておきたいとか？」

オークスはカーウェンと同じテーブル席についたが、彼女を見てはいなかった。その目は遠くを見つめている。よくあることだが、カーウェン・セイにはそれが気にくわなかった。

「秘密じゃない」オークスは答えた。「宇宙船という密な空間で、秘密なんてもてないさ」

「あなたたちはマキシム＝探知システムを開発している」カーウェンは率直にいう。「でも、わたしはそのシステムについてなにも知らない。いったいなんなのか教えてくれない？」

「新しい探知システムのことだ」

「結局、そういう答えかたしかできないのね。芝刈り機だ、っていわれるよりはましだけど」

　オークスは笑って弁解した。

「からかうつもりなんてないよ。本当に、マキシメックス……マキシム＝探知システムには新しい機能がいくつかあるんだ」

「たとえば？」

「ちょっと待って。きちんと説明したいから、頭のなかを切りかえる」かれはそういってから、また口を開いた。「まず、量子力学のひとつの考えかたに着目しよう。観測された物体は、観測結果に影響をあたえたり、結果を変えたりすることができる」

「それは知っているわ」

「なら話は早い」オークスは一瞬だけほほ笑むと、ふたたび視線を遠くへ向けた。「外部の宇宙船が対探知システムを使った場合、それと探知装置内のエネルギー的なプロセスが相互作用を起こして、探知結果に影響が出てしまう。たとえば、探知された物体は揺れているように見える。輪郭も不鮮明だ。わかるかい？」

「わかるわ」飲料自動供給装置から二杯目の紅茶をとりだしながら、カーウェンはうなずいた。遠くへ向けられていたオークスの視線がこちらにもどってくる。そのときはじめて、彼女が女性であることに気づいたようだ。

「量子論によれば、ある事象の発生を決定的に予測することはできない。いわゆる期待値だけを統計的に算出できる。ある事象に対する期待値は曲線であらわされる。曲線が最大値に達する地点で、その事象の発生率はもっとも高くなる」

カーウェンはため息をつきながら、オークスがいるテーブル席にもどった。「やけに遠まわしに説明するのね。でも、理解できたわ。それで、マキシメックスはどう機能するの？　おそらくシントロニクスと結合して、統計的計算をおこなうのね。そうでしょう？」

「そのとおり」オークスはうなずいた。「探知された物体について一秒間に数百万回の測定をおこない、測定データから期待値の分布をもとめて曲線の最大値を決定する」

「でも、わたしの理解が正しければ、マキシメックスは従来の探知システムよりはるかに計算が遅いはず」

「たしかにそうだ」オークスは答えた。「測定開始から信頼できる結果が出るまで一秒もかかってしまう」

「一秒？　人間にとってその速さは問題にならないわ」

「でも、マキシメックスを自動照準装置と結合させる場合はナノ秒が問題になる。だから、それと結合したシントロニクスが時間損失を補填しなくてはならない。ちなみに、マキシメックスは、われわれが最近注目しているあの宇宙船の輪郭を検出できない」

「あの亡霊みたいな物体のことをいっているの？」

「そうだ。われわれは惑星サトラングへの飛行中に亡霊船のひとつを探知し、そのさいに記録されたデータを分析した。その結果にもとづいて、マキシメックスを開発したんだ」

「すばらしいわ」カーウェンが賞讃する。

「まあね」オークスはおちついた口調でいった。「新しい探知システムは従来のシステムの改良型にすぎない。けれども、われわれはその新システムを使って、亡霊船、つまり、未知の敵船の位置をより正確に把握したいと考えている」

「新システムのテストはしたの？」と、カーウェンは訊ねた。

「残念ながら、まだその機会がない」

そのとき、ドアが開いてケイヴィン・ケージがよろめきながら入ってきた。血走った目でカーウェン・セイを見る。「ケイヴィン、どうしたの？」彼女は驚きながら訊ねた。

ケージはカーウェンに近づくと、突然叫びはじめ、飲料自動供給装置に突撃した。両拳で装置を殴り、蹴り、まるごと壁からはずそうとしている。紅茶、コーヒー、フルーツ・ジュースが床にあふれ、プラスティックのカップが転がりでた。

「頭がおかしくなったのか？」ヘルナン・オークスは大声で叫んだ。「やめろ！」

ケイヴィン・ケージは両手でかれの喉をつかむと、力いっぱい絞めつけた。オークスはあえぎながら倒れた。

「正気じゃない」カーウェンは声をふるわせながらいった。「医療ロボットを呼ぶわ」

すぐにシントロニクスに制御された医療チームが現場に到着し、ケイヴィン・ケージをケアした。注射器で鎮静剤が投与され、そのあとにきたロボットに医療センターへと運ばれた。

困惑したカーウェン・セイは椅子にすわりこんだ。

「理解できないわ。ケイヴィンにいったいなにが起こったの？　さっきまでいっしょに話していたのよ。楽しい話をしたわけではないけれど、おかしくなる理由もなかった」

「ラボでなにかあったのかもしれない。それを究明しなくては」

カーウェンははげしくかぶりを振った。

「ラボで、ですって？　あそこで仕事中の科学者を狂わせるようなことは起こりえない」

ふたりは食堂を出て、ケイヴィン・ケージが仕事をしていたラボへ向かった。ラボは破壊されていた。食堂にくる前に、ここでも暴《あば》れたのだろう。

「船長に報告しないと」ヘルナン・オークスがいった。「アトランも呼んだほうがいいかもしれない」

「それは大げさすぎない？」カーウェン・セイが反対する。「ケイヴィンは気がへんになって医療ケアを受けているけれども、アルコン人の世話になる必要はないと思うわ」

「わたしはそうは思わない。現場を一見しただけではわからないこともある」

オークスは通廊に出ると、いちばん近いインターフォンを押して船長のエイドレ・ダールと話をした。そして、銀河系船団の集合ポイントであるフェニックス＝1にいるアトランに連絡するよう申しでた。

「まずはアトランと話してみるわ」船長は答えた。

オークスが破壊されたラボにもどると、カーウェンは、破壊をまぬがれたシントロニクスを探していた。すくなくとも一台のシントロニクスが、ここでなにが起こったのかを説明してくれるかもしれない。

「わたしがいけなかった」カーウェンはオークスに打ちあけた。「ケイヴィンをバカにしていたの。かれがわたしになにかを伝えようとしたとき、耳をかたむけなかった」

「自分を責めるんじゃない。そんなことをしてもなにも変わらない」

その瞬間、すべての照明が消えた。

カーウェン・セイとヘルナン・オークスはその場に立ったまま、照明がふたたびつくのを待った。しかし、なにも起こらないまま時間が過ぎる。

「非常灯が点灯するはずだが、なぜ、真っ暗なままなんだ？」と、オークスがいう。

「わからないわ」カーウェン・セイが答える。彼女は手探りでドアに向かった。停電してもドアは開くはずだが、びくともしない。内蔵センサーがまったく反応しないのだ。

「ありえないわ」声をふるわせながらカーウェンがいった。「ドアが開かない」

オークスがそばにきた。

「パニックになるな。たいしたことじゃない」

オークスはドアパネルに手を押しつけると、それを横にスライドさせた。ふたりは通廊から光が入ってくることを期待したが、そこも真っ暗だった。

「司令室と連絡をとりたい。インターフォンはどこだ？」オークスはいった。

「あなたの左側にあるわ」カーウェン・セイは立ちどまったまま答えた。オークスが壁にそって進む音が聞こえる。「無理よ。きっとインターフォンも使えないわ」

「そんなことはありえない」オークスはいらだっていた。

そのとき、カーウェンが悲鳴をあげた。床が抜けたような感覚をおぼえたからだ。とっさにドアの枠にしがみついたが、からだは宙に浮いていた。

「あなたはつねに冷静でいられる人だと思っていたわ」彼女が嫌味をいった。

「そんなことといってる場合じゃないだろ」オークスがインターフォンのボタンを押すと、カチッという音が聞こえた。けれども応答はない。

「どうしたの？」カーウェンがたずねた。

「どうやらカタストロフィが起こったようだ。船全体がエネルギー切れだ。光もない。反重力装置も機能しなくなって、司令室のシントロニクスも停止した。非常用電源すら入らない」

「司令室にいってみましょう」カーウェンが提案した。「それとも、主シントロニクスがすべてを復旧させるまで、あなたはここで待ちたい？」

「すべてが復旧することなんてないさ」

「〝いまは、そんなことをいっている場合じゃないだろ〟」カーウェンがオークスの口調をまねていった。ちょっとした不具合が起こっただけで、すべてはもとどおりになるとまだ信じていたのだ。

「主シントロニクスはナノ秒単位で作動するんだ」

「わたしがそれを知らないとでも思っているの？」

「もう数分が経過した」オークスはつづけた。「シントロニクスがこの数分間にシステムを正常化できなければ、復旧は無理だろう」

ふたりは中間エアロックを開けて司令室のなかに入った。シントロニクスのスクリーンが光を放っているが、画像はうつしだされていない。室内には、シントロニクス専門の技術者が手元を確認できるくらいの明るさはあった。カーウェン・セイは最初、エンジンがふたたび電力を供給しているのかと思ったが、主シントロニクスがバッテリー駆動であることを思いだした。

船長はアームレストつきシートにすわっていた。無重力のため、シートから浮きあがらないようにシートベルトを締めている。

「いったいなにが起こったのか、教えてもらえますか？」カーウェン・セイがたずねる。

「だれかがシントロニクスにウイルスを感染させたのよ」船長は答えた。小柄で、ボリュームのあるショートカットと大きな顔が特徴的な女性だ。「ダメージの程度はまだわからないわ」

　技術者のひとりが宙に浮きながら船長のそばによってきた。

「最悪の事態です」かれは口調を強めていった。「シントロニクスのすべてのプログラムが消去されました」

　船長は青ざめ、カーウェンは聞きまちがいかと思った。

「ありえない。消去は不可能よ。プログラムはなんどもバックアップされているし、特別なシステムによって、いかなるウイルスも行動を起こす前に無害化されるようになっているはず」

「わたしも勘ちがいだと思いたいのですが……」技術者が反論する。「現時点ではそうとは思えません」

　技術者はもといた場所にもどり、作業を再開した。カーウェン・セイはオークスを見た。かれなら助け舟を出してくれそうな気がしたからだ。

「電力はどうなってるの！」船長がどなった。「この暗闇をなんとかして」

「いま、調べているところです」技術者のひとりが説明する。「エルキンが機関室からもどるまではくわしいことはわかりません」

まるでその言葉を待っていたかのように、ドアが開いてエルキンが入ってきた。長身で赤毛の陰気な印象の男だった。

「いまの段階ではどうすることもできません」エルキンが船長に報告する。「シントロニクスは機能停止。それがつづくかぎり、エンジンは電力を供給できません。シントロニクスの交換を試みていますが、プログラムずみの制御ユニットが見つかっていません。おそらく、われわれがプログラムするしかないでしょう。そのためには、正常に機能するシントロニクスがすくなくとも一台は必要です」

「ケイヴィン・ケージがすべて仕組んだのかしら？」カーウェン・セイがオークスの耳もとでささやいた。

「ありえない。船内にこんなことができるやつはひとりもいない」

カーウェンは驚いてオークスを見た。

「つまり、外部の何者かがやったということ？」

「それしか考えられない」オークスは断言した。

2

アトランはひとりでフェニックス＝1から《ラクリマルム》にやってきた。そして、現場の状態を確認するやいなや、自分が乗ってきたのと同じ高速宇宙グライダーで技術者のひとりを呼びよせた。

「バス＝テトのイルナと話してくれ」アトランが技術者にいった。「彼女は《カルミナ》に乗っている。《ラクリマルム》のシントロニクスを再プログラムするのに使えるシントロニクスを一台送るようたのんでくれ」

この時点で、船内のすべてのシントロニクスのプログラムが消去されたことは明らかだった。つまり、それまでだれもが不可能だと思っていたことが起こってしまったのだ。既存の安全対策と保護対策が充分でなかったことが証明された。

「この種の兵器がもっともこわい」アトランがいった。「宇宙船のなかでシントロニクスが機能を停止すれば乗員は全滅だ。主要なプロセスを早急に再開させなければ、全員死ぬしかない」

カーウェン・セイも同意せざるをえなかった。

「現時点で、シントロニクスをあらたにプログラムできる乗員はいない。最新のシントロニクスの助けなしには、だれもそれはできないからだ」銀河系船団の現時点での最高指揮官であるアトランはつづけた。「小型艇や反重力グライダーでさえ、プログラムされたシントロニクス部品なしには作動しない。シントロニクス部品が故障すれば、単純なドリルすら使えないのが現状だ」

アトランはシートにすわると、シートベルトを締めて話をつづけた。

「この事件については念入りに調査し、究明する必要がある。シントロニクスが故障した原因をつきとめなくてはならない。もし銀河系の巨大勢力がシントロニクス・ウイルスを拡散することに成功したのだとしたら、われわれにとって致命的になる。銀河系船団の全艦船のシントロニクス・システムがクラッシュしたら、われわれは破滅だ」

「でも、船団には多くのすぐれた専門家がいます」船長が反論する。「かれらならすべてを修復できます」

「いや、無理だ」アトランは答えた。「数台のシントロニクスを復帰させることはできるだろうが、それには時間がかかりすぎる。船内の空気供給の停止時間が長くなると、すべてが復旧する前に全員窒息死してしまうだろう」

そして、科学者のカーウェンに目をやる。

「一刻も早くあらたな防衛プログラムを開発する必要がある。われわれのプログラムはとっくに時代おくれだ。新プログラムにとりくむ科学者や専門家のグループを集めるのはきみの役目だ。十時間以内に新チームの構成に関する報告書を提出してくれ」

「わかりました」カーウェンは答えた。「シントロニクスを守るために全力をつくします」

アトランには、カーウェンがまだなにかいいたそうに見えた。

「ほかにいいたいことがあるのか？」

「重要かどうかはわかりませんが、同僚のひとりが最近クロノパルス壁のプロジェクトにとりくんでいました。その同僚はなんらかの事件に遭遇しましたが、それがなんなのかはわかりません。突然正気を失い、凶暴になりました。かれのようすを見にいきたいのです。だれかのケアが必要です。ほうっておけません」

カーウェンはセランからフラッシュライトをとりだすと司令室から出ていった。

ケイヴィン・ケージは簡易ベッドに縛りつけられて横になっていた。ライトで照らすと、かれは目を閉じた。

「いったいなにが起きたんだ？」ケージはたずねた。

「あなたは突然正気を失ったの。そして暴れた」

「なぜここは暗いんだ？」

カーウェンが説明しようとすると、ケージは笑い声をあげ、意味不明なことをつぶやきはじめた。

「わたしの話を聞いているの？」

「なにかいったか？」ケージは答えた。「きみはいったいだれなんだ？」

「いまなにが起こっているのか、まったくわかっていないのね」カーウェンは怒り、司令室にもどろうと背を向けた。

「穴だ。クロノパルス壁に穴が開いている」

カーウェンは思わず立ちどまった。

「いま、なんていったの？」

「穴だ」ケージはくりかえした。「でも、だれも信じてくれない」かれはまた笑い声をあげ、意味不明なことをつぶやきはじめた。カーウェンはさらに情報を引きだそうとしたが、むだだった。ケージはふたたび精神錯乱におちいった。

気が動転したまま、カーウェン・セイは司令室にもどった。ケイヴィン・ケージを信じてもいいのだろうか。

アトランがカーウェンの変化に気づいた。

「もどってきたのか。で、どうだった？」

「クロノパルス壁に穴が開いているというんです。それ以上は聞きだせませんでした。

かなり重症です」

「船内で突然凶暴になったのはその男だけか？　そいつは《ラクリマルム》からはなれて、クロノパルス壁に近づいたのか？」

「おかしくなったのはかれだけです」カーウェンは答えた。「でも、そんなことが起こる予兆はまったくありませんでした。船からは出ていませんし、あの壁に近づいたこともありません」

　アトランは船長、ヘルナン・オークス、そしてカーウェン・セイとともに謎の真相に迫ろうとした。けれども、決定的な真相の究明にはつながらなかった。そのうちに正常に機能するシントロニクスが到着し、《ラクリマルム》のシントロニクスは再プログラムされた。エンジンはふたたび電力を供給するようになった。照明が点灯し、重力が働き、船内のすべてのシステムがもとにもどった。

　カーウェンはアトランとともにケージがいたラボにいき、内部をくわしく調べた。その結果、かれがクロノパルス壁の開口部を発見したことが推測できるデータファイルが見つかった。

「わからないことがまだ多い」アトランはそう認めたうえで、船長に現状を報告し、それをほかの艦船の科学者にも伝えるよう指示した。「すべてはまだ仮説にすぎない。とはいえ、ケージはわれわれがずっと探していたものを発見したのかもしれない。この情報は全員で共有すべきだ」

「正気を失うことも、艦船を破壊させることもなく、銀河系に進入できる道がその開口部なのですね」

「早合点するな」アトランが注意した。「大変な労力をかけてクロノパルス壁をつくった存在が、だれでもかんたんに侵入できるような隙間をのこしておくとは考えがたい。慎重に調査する必要がある。開口部の近くにロボット部隊を送りこみ、可能であればそこから進入させよう。むだなリスクはおかしたくない」

アトランはラボから通廊に出ると、司令室とフェニックス＝1と船団のすべての船長たちに適切な指示をあたえた。

「船団にふさわしい基地を探している」通信を切ったアトランはカーウェン・セイに語った。「設置場所としては、ここもいいかもしれない。数光時間先にちいさな恒星系がある。クロノパルス壁にある通路はそこに通じているように見える。その恒星系は、いくつかの条件を満たせば適切な基地になりうる」

「その条件とは？」

「クロノパルス壁に近く、なおかつ目立たないこと。外部から怪しまれないこと。われわれの敵が……」

「敵は存在するのですか？」

「まちがいなく存在する」アトランは断言した。「だから基地であることがばれないような場所を選ばなくてはならない」

カーウェン・セイは腕組みをした。

「その敵はわれわれを監視しているのでしょうか？」

「その可能性は高い」アトランは答えた。「われわれがおこなっているクロノパルス壁の調査は目にとまりやすいからだ」

以前から、銀河系船団の各艦船はローテーションを組み、見えない壁の調査をおこなっていた。探査ロボットを射出し、爆発するまで前進させることで、クロノパルス壁の壁面を段階的にマッピングしていた。ケイヴィン・ケージはそうして得られたデータの一部を分析して開口部を発見したのだ。

「司令室にもどろう」アトランが提案した。「新しいデータがとどいているかもしれない」

船長のエイドレ・ダールは笑顔でかれらを迎えた。新データがあることは明らかだ。

「ケイヴィン・ケージのいうとおりでした」船長はいった。「最新の調査結果が先ほどとどきましたが、壁をつらぬく通路があるようです。その先に恒星系がひとつあります。それは《シグヌス》の科学者によってヘラ星系と命名されました」

船長はアトランとカーウェンにグラフ化された複数の測定値がうつしだされているモ

ニターを見せた。シントロニクスは送信されつづける新しい結果にしたがって絶えずグラフを変化させていた。やがて、その通路が壁をつらぬいていないことがわかった。ケイヴィン・ケージが発見したのは、壁のなかにある通常空間の飛び地だったのだ。そこは深い窪地になっていて、ヘラ星系へのアクセスは可能だが、壁をとおりぬけることはできない。その窪地は深さ十二光時、幅が十五光時で、そこへとつづく通路の直径は五・三光時だった。

ヘラ星系についての情報もいくつか集まった。ヘラ星はスペクトル型dM2のちいさな恒星だった。直径は五十七万キロメートル、表面温度は二千九百四十K。恒星から放たれる光は肉眼だと赤く見えた。三つの惑星がヘラ星を周回し、そのうちのふたつには生命体が存在している可能性が高かった。

「基地になりうる惑星はあるでしょうか？」カーウェン・セイが訊ねた。

「ないな」すこし考えてから、アトランが答えた。「どの惑星も目立ちすぎる。飛び地は逃げ場のない袋小路になりかねない。だが、惑星の調査はおこなうつもりだ。それぞれの惑星に観測ステーションを設置する」

アトランは宇宙グライダーに乗って《カルミナ》にもどろうとしたが、《ラクリマルム》の司令室に呼びもどされた。

「亡霊船です」アトランが司令室にもどると、カーウェン・セイが説明した。「ヘルナン・オークスが探知しました。われわれがサトラングの手前で観測したことがある亡霊船と同じものです」

カーウェンは、アトランとともに探知システムのモニターを見た。宇宙船の鮮明な画像はうつしだされていなかったが、その位置は確認できる。

「これが新探知システム、マキシメックスの最初のテストになります」オークスがいった。興奮して汗をかいている。「計算速度は従来のシステムよりはるかに遅いですが、それほど問題ではありません。正確に物体の位置を測定できるので、トランスフォーム砲やそのほかの武器で攻撃するさいに活用できます」

「攻撃するつもりはない」アトランは断言した。「だが、必要なときに攻撃できる態勢にあるのは心強い」

スクリーンにうつしだされた影の部分がクロノパルス壁の位置をしめしていた。亡霊船は壁面に沿って数分間移動したあと、壁のなかに進入し、スクリーンから消えた。

「きみたちは着実に進歩している」アトランは賞讃すると、《カルミナ》へともどっていった。

*

カーウェン・セイが訪ねたとき、ケイヴィン・ケージの目は澄んでいた。

「元気そうね」カーウェンはいった。ケージは相《あ》いかわらず簡易ベッドで横になっている。足は拘束具で固定され、右腕の血管にはカニューレが挿入されて、そこから投薬がおこなわれていた。

「信じてもらえるかどうかはわからないけれど、正気じゃないときみからいわれたのはおぼえている」

「なにをしたかはおぼえていないの？」

　ケージは顔を赤らめ、視線をそらした。

「無礼なことをしたのなら、謝る。ただ、あるプロジェクトにとりくんでいて、重大な発見をしたのをおぼえているだけなんだ。きみにそれを打ちあけたかったが、あのときのきみには話を聞く余裕なんてなかった」

「ずいぶん謙虚ないいかたをするのね」カーウェンがほほ笑む。「わたしはあなたに対してかなり横柄だった。話も聞かないでばかにしていた。ごめんなさい。あなたが立てた仮説は正しかったの。クロノパルス壁には開口部がある。最近、その位置が確認されて、飛び地が発見された。そのなかには恒星系があって、ヘラ星系と命名されたの」

　ケージの表情が暗くなった。かれがまた正気を失うのではないかとカーウェンは心配したが、大丈夫なようだった。

「どうかしたの？」

「いや、話をつづけてくれ」ケージはなんでもないふりをした。

「だめよ、かくさないで」カーウェンが語気を強める。「大丈夫。もうばかにしたりしないから」

ケージは黙っていたが、カーウェンはどうしてもその秘密を知りたかった。そこで、まずかれが正気を失っていたあいだに起きた出来ごとを話した。すべてのシントロニクスがクラッシュしたことを説明し、最後にこうつけくわえた。「こんなことが偶然に起こるとは思えない。わたしたちを未知の兵器で攻撃してきた敵がいるはずよ」

ケージは目をしばたたかせた。おちつかないようすで両手を握りしめ、顔からは汗を流している。

「やめてください」シントロニクスに制御された医療ロボットが警告した。「ケイヴィンにストレスをあたえないでください。すぐにここから出て、かれをひとりにしてください」

「だめだ」ケージは声を荒らげ、カーウェンの手をつかむ。「まだいかないで」

「無理は禁物《きんもつ》よ。まずは元気になって、それから話しましょう」

「だめだ。いま話したいんだ」

カーウェンはケージのそばにすわって手を握りかえした。

「じゃあ、話して」

「ドアを開けたら、突然恐ろしいものが見えたんだ。わかるかい？　完全な不意打ちだった。だから、正気を失ったのかもしれない。それは不気味で威圧的な存在だった。言葉ではうまく表現できない。ただひとついえるのは、それがわたしを瞬時に捕らえてはなそうとしなかったことだ。ドアをしめることすらできなかった」

「それで？」

「そのあとのことはおぼえていない」

「何者かに攻撃されたということ？」

　ケージは驚いてカーウェンを見た。いいたいことは理解できる。目を閉じて、しばらく黙りこむ。

「もし何者かに攻撃されたのなら、その存在はわたしの行動を正確に把握しているはずだ。つまり、以前からわたしを監視していたはずなんだ。発見された飛び地のなかの恒星系にいるのかもしれない」

「わたしもそれをいいたかったの。いま、飛び地に進入する計画が進められているわ。まずは、ロボット部隊がそこに送りこまれて、十日間の調査がおこなわれる予定よ」

　ケイヴィン・ケージは青ざめた。

「もっと慎重になったほうがいい。われわれを敵視している存在がどこかにひそんでいるのはまちがいないんだ」

3

四週間後に《ラクリマルム》が《シグヌス》とともに飛び地に進入したとき、カーウェン・セイは緊張して頭が真っ白になった。二隻の宇宙船はゆっくりと前進した。どちらの船の船長も危険な兆候があればすぐに避難できるよう準備していた。

この数週間、かれらは遠隔探知システムによって飛び地を観察し、あらゆる変化を記録してきた。探査を一時的に中断したのは、ジュリアン・ティフラーがポイント・シラグサから《ペルセウス》でフェニックス＝1に帰還し、調査報告をおこなったときだけだった。

カーウェン・セイにはその調査結果が過去の謎を解明するのに役立つとは思えなかった。彼女はかぶりを振ると、数時間前に《カルミナ》からやってきて、シートにすわっているアトランを見た。

アトランはけっして動揺しない、とカーウェンは思った。この年まで生き、くりかえし危険な目にあっていれば当然だ。

スタート直前、カーウェンはシントロニクスのセキュリティ・プロジェクトにたずさわる科学者のリストをアトランに提出しなければならなかった。ケイヴィン・ケージは任務からはずされた。調査隊にくわわるにはまだ精神的に不安定だったからだ。

「ヘラⅠとヘラⅡには生命体が存在します」ヘルナン・オークスが報告した。かれは主シントロニクスにつながれた探知装置の前にすわっていた。遠隔探知システムを使ってさまざまな生命体を調査し、データの収集につとめている。

「しかし、知的生命体の存在を示唆《しさ》するような自然変化はどこにも見あたりません。探査ロボットの報告を見るかぎり、変化の痕跡は確認できません」

「つまり、目立った自然破壊は見られないということか」アトランがいう。

「もちろん、いまの段階では、ヘラⅠとヘラⅡのごく一部でしか探査はおこなっていません」オークスが念を押した。「探査ロボットが、すくなくとも数回、両惑星を周回でもしないかぎり、全体を把握することは無理です」

「そんなことをする必要はない」アトランが答えた。「もしどちらか、あるいは両方の惑星に知的生命体がいるとしたら、かれらの行動範囲が一部分に限定されるわけがない。あらゆる場所に痕跡があるはずだ」

ヘルナン・オークスは左手で右の耳たぶをこすった。

「申しわけありません。わたしたち科学者はときに完璧主義になりすぎて、あたりまえのことを見落とします」

「着陸するぞ」アトランが命令した。「ヘラⅠの北半球に観測ステーションを設置する」

「どちらの惑星にも知的生命体はいないはずです」カーウェン・セイはいった。「いるとしても、進化していないでしょう。でも、われわれに害をあたえる知的生命体が、すくなくとも一体この宙域にいることはまちがいありません」

「わたしもそう思う」アトランが同意した。「それが三つの惑星のどれに存在しようとも、かならず見つけてみせる」

ヘラⅠとヘラⅡには呼吸するのに充分な酸素があった。両惑星ともに、海と陸地の割合は七十五対二十五。山岳地帯は浸食がはげしく、標高二千メートルを超える山も火山もなかった。ヘラⅢは大気のない惑星で、灰黒色に見える表面には多くの亀裂があったが、反射率は高かった。

三つの惑星の軌道のかたむきかたは異なっていた。そこから、各惑星は恒星ヘラが誕生したさいに生まれたのではなく、ある時点で恒星系にとりこまれたことが推測できた。《シグヌス》がヘラⅡへ向かっているあいだ、《ラクリマルム》はヘラⅠ上空の円軌道に入った。アトラン、ヘルナン・オークス、カーウェン・セイと数人の技術者が搭載艇に乗りかえてヘラⅠに着陸した。アトランは丘陵にかこまれた広大な平原に搭載艇を移動させた。銀色に輝く湖のほとりには植物が密生している。

下降する搭載艇の下から、青い甲羅をもつ生物の群れが逃げていった。テラのカメを連想させる生物は十本以上の短い脚をもち、カメより行動が機敏で、障害物をなんなく乗りこえられた。そのうちの何匹かは搭載艇を見て驚き、湖を泳いでわたって対岸の林に逃げこんだ。色とりどりの鳥の大群も、爆音をあげながら下降する球状の搭載艇を恐れて、藪から飛びたった。

「まるで楽園だ」アトランがエンジンを切るやいなや、ヘルナン・オークスがいった。

「こんなに多くの動物を一度に見たのは久しぶりだ」

オークスは興奮しながら黄色いトカゲを見た。着陸地点の近くにいたトカゲは、おびえることなくゆっくりとかれらから遠ざかっていく。体長は十メートル。角ばった幅のひろい顔と大きな牙《きば》が特徴だった。砂埃《ぼこり》を巻きあげて前に進んでいく。

「心からは楽しめない楽園だな」アトランがほほ笑みながらいった。「あの巨大トカゲとふたりきりにはなりたくない」

「たしかに」オークスが答えた。「楽しむより、任務に集中したほうがよさそうです」

しばらくすると、ヘルナン・オークスのようすがおかしくなった。「ひとつ気づいたことがあるんです」かれは慎重にアトランに話しかけた。勘ちがいだったら笑われると思ったからだ。

「なんだ？」

「森が……なにか変なんです」

アトランはすぐにその言葉の意味を理解した。森が搭載艇に近づいていたのだ。ほんの数分前までは二キロメートルはなれた場所にあった。いまはその半分の距離まできていて、徐々に近づいていることはまちがいなかった。

＊

クアゴン・ターモールは、いまにも気を失いそうだった。ときどき怒りの声をあげて、身を震わせていた。全身の筋肉が痙攣《けいれん》している。過呼吸になり、わずかな空気を吐きだすのもひと苦労だ。

クアゴンは、数百万年ものあいだ雨風にさらされた、高さ三メートルの岩のアーチのようなかたちをしていた。灰緑色のからだには割れ目が無数にあり、その多くはコケやシダのすみかになっている。大小十二個の目といくつかの開口部も割れ目のなかにあった。動かなければ、生物だとはまずわからない。動けば、アーチ形のからだを支える二本の柱がかたむいて、割れ目から何本かの腕が出てくる。それらの先には細くてしなやかな指がついていた。

〈なんてことをしてくれたんだ！〉かれは心のなかで叫んだ。〈絶対に許さないぞ！〉

クアゴンは巨大な洞窟のなかにいた。その岩壁には、土砂《どしゃ》崩れを防止するために薬剤が吹きつけてある。そこにはさまざまな種類の機械があったが、どれも完成品には見えなかった。

ヴェンクセントラリア人であるクアゴンの足元にはカメに似た生物がいた。多足で、背中に青い甲羅があり、丸顔で、大きくて知的な青い目をしている。頭にはいくつかのちいさなアンテナがとりつけられた銀色に光るバンドを巻いていた。その生物はおびえてうずくまり、頭上のクアゴン・ターモールを見ることもできなかった。

〈六百年ものあいだ、わたしはこの呪われた惑星に閉じこめられたままだ〉クアゴンは足元にいる生物が自分の心の声を聞いているのを意識しながら、こうつづけた。〈長いあいだ、この星から脱出できる方法だけを考えて生きてきた。どこからか宇宙船がやってきてわたしを救ってくれるのを待ちつづけたが、一隻もあらわれなかった。そしていま、ようやく数隻の宇宙船があらわれた。それなのに、おまえはかれらを攻撃した。なんてことをしてくれたんだ！　かれらはわたしの最大の敵になってしまった。もはや弁解の余地はない。おまえはいま、わたしにも攻撃しろという。乗員を殺し、すくなくとも一隻の宇宙船を乗っとれ、と〉

クアゴンは涙を流した。嗚咽《おえつ》しながら地面にたおれこみ、悲しみにひたった。過去の記憶がよみがえってきた。かれは若いころ、宇宙船で天の川銀河のこの宙域にやってきた。すると奇妙なことが起こった。乗員がひとり、またひとりと正気を失い、ある日とうとう、自分たちの船が破滅することを悟った。宇宙船が大爆発したとき、クアゴンだけが着陸艇で脱出でき、この惑星に着陸した。

〈そのとき、わたしは絶望していた〉クアゴンはテレパシーで、うずくまっている生物に向けて語りつづけた。〈自殺しようとも思ったが、戦うことを決めた。乗ってきた着陸艇には、生きるために必要なものがすべて、いや、それ以上のものが装備されていたのだ。それでも、それはただの着陸艇にすぎなかった。ほかの惑星へ飛行することは不可能だった。だから自殺しようと考えたのだが、宇宙船を自分でつくることに決めた。狂気の沙汰だ！　わたしは宇宙船をつくるためになにが必要かを、まったくわかっていなかった。もっとも単純なネジからポジトロニクス制御装置まで、すべてを自分でつくらなければならなかった。でも時間はあった。いまでも時間はありあまるほどある。凶暴な大トカゲに襲われないかぎり、あと二百年は生きられるだろう〉

クアゴンは涙をぬぐうとからだを起こし、木と動物の革でつくった肘かけ椅子のようなものに身をしずめた。

もっとも大変だったのは、エンジンに必要なポジトロニクス部品とセラミック部品をつくることだった。セラミック部品の一部を製造するだけで何十年もかかった。けれども、燃料の入手方法についてはいまだにわかっていなかった。燃料がなければ、すべての試みがむだに終わることはわかっていたが、それは考えないようにしていた。燃料についての必要な情報はすべて着陸艇内のポジトロニクスに保存されていて、いつでも入手可能だったからだ。燃料のことはあえてあとまわしにした。それが生きる希望だったからだ。燃料の調達が無理だとわかり、希望を失うことだけは避けたかった。

〈きっとやりとげてみせる！〉クアゴンは宣言した。〈おまえがミスをおかして、あの連中を刺激し、わたしを殺したいと思わせないかぎり〉

　クアゴンは洞窟のなかを歩きまわってすべての機械に触れ、これまでに自分がなしとげた成果を再確認した。最初の数年間は、すべてを自分だけでやった。その進歩は驚くほど遅かった。何十年たっても目標に近づいた気がしなかった。そこで、クアゴンは自分のためにヘルパーをつくることにした。この惑星には知的生命体が存在しなかったので、この惑星の動物を使って実験をくりかえした。そして、動物たちの知性を可能なかぎり発達させることに成功した。もっともむずかしかったのは、遺伝子操作により進化させた生物とのコミュニケーションだった。最初の段階では、かれは言語コミュニケーションに固執《こしゅう》していた。しかし、偶然、ヴェンクセントラリア人が開発した技術を借りれば、新しい生物ともテレパシーによるコミュニケーションが可能であることがわかった。

　孤独を感じて絶望し、死のうと思ったこともあった。そんなときは外に出て、何時間も星空を見あげてあらたな希望をいだいた。

だがいま、あきらめかけていたことが実現しようとしていた。宇宙船がこの惑星にやってきたのだ。無線通信が可能な、あのせまい通路をとおりぬけて。過去六百年で、そのエリアから微弱な電波を受信することがたびたびあった。そのこともあって、何世紀ものあいだ、宇宙船がやってきた場合にどう行動すべきかをヘルパーたちに指導してきたのだ。宇宙船の乗員をこわがらせたり、ケガをさせたりしないようにとなんども注意したはずだった。

〈努力はすべてむだだった！〉クアゴンは嘆いた。〈ポジトロニクスによって制御された超電磁交流フィールドである宇宙船を、おまえが攻撃したからだ。そのせいで、宇宙船は潰滅的な打撃を受けたにちがいない。いまだ飛行をつづけているのは奇蹟だ。さらに、おまえはこの恒星系を包囲している不可視のフィールドにアクセスし、宇宙船に向かってインパルス波を放った。われわれに向けられた探知装置を無力化するために〉

この惑星に不時着したとき、クアゴンは、遠征の失敗は神からの罰だと思った。そのいっぽうで、自分の能力をためす機会をあたえられたとも確信していた。遠征に出る数日前は、ほかの乗員と同じように、故郷である惑星で血みどろの権力闘争に参加した。敵を殺し、拷問した。そのときに、知的生命体をもう二度と殺害しないと誓った。

しかし、いま、クアゴンの気持ちは変わった。

これまでのような隠遁生活はもうつづけられない。ヘルパーは致命的なミスをおかした。あともどりはできない。新参者との平和的な交流はもはや不可能だ。ヴェンクセントラリア人なら、この条件下で和平交渉などしないだろう。したがって、クアゴンは慈悲の心を捨て、新参者を殺害し、宇宙船を手に入れる方法だけを考えることにした。

〈これがわたしの使命にちがいない。これまでに立てた目標は着実に達成してきた。この使命をはたせないはずがない〉

クアゴンはパラライザーを手にとり、長年の遺伝子実験によって手なずけた生物を撃った。それは仰向けになり、おそるおそる目を開いてかれを見た。テレパシーでその思いがつたわってきた。

〈なぜこんなことを？　わたしがなにをしたというのですか？　わたしはいつも、あなたに忠実にしたがってきたのに！〉

〈おまえがミスをおかしたからだ。ミスは許されない。わたしの命令にしたがわない者はみんな死ぬのだ〉

人工生物は泣きさけんだ。もはや動くことはできなかったが、自分になにが起こっているかは理解していた。声にならない叫びをあげながら殺さないでほしいと懇願する姿は、クアゴン・ターモールにとって耐えがたかった。そのため、かれは瀕死の生物を滑り台にのせて動物たちの水飲み場である湖岸に運びだした。その数秒後に、人工生物は藪から出てきた何百匹もの巨大昆虫におそわれて息を引きとった。

〈これで、わたしのいうことを聞かないとどうなるかわかっただろう！〉クアゴンは心のなかでいった。そして、長い年月をかけて育てあげた生物たちからの返事をテレパシーで受けとると、邪悪な笑みを浮かべた。これからは、みな以前よりも慎重に命令にしたがうだろう。クアゴンはそう思った。

＊

アトランは光学機器を使って、艇内から森の木々を観察した。それらは徐々にかれらが乗ってきた搭載艇に近づいていた。

「根は地上に出ていない」アトランが指摘した。「地面に変化は見られない」

「まだここにいるつもりですか？」ヘルナン・オークスが心配そうにたずねた。「このままでは森に包囲されてしまうかもしれません」

「かれらはなにもしない」不死者のアトランは終始冷静だった。「ようすを見よう」

「たしかに、われわれの防御バリアが森の動きを抑制しているのはまちがいありません」オークスが同意した。「ですが、森が接近してくる以上、艇の外には出られません」

「とにかく、ようすを見よう」アトランはシートに深く腰かけると、ほかの装置を使って周辺調査をつづけた。そして、ポジティヴな結果を確認するといった。「ここが飛び地でなければ、われわれにとって最適な基地になったはずだ」

「この飛び地はいつから存在するのかしら？」カーウェン・セイが質問を投げかけた。

「その時期を推定させるなんらかのサインがあるはず」

「わたしもそう考えたことがある」オークスがいった。「しかし、残念ながらその時期を特定するのは無理だ。数百年前から存在していたかもしれないし、ほんの数日前に出現したのかもしれない」

時間の測定以上にむずかしいことはない。オークスはそういわんばかりにかぶりを振った。

「でも、きみがいいたいことは理解できる」かれはつづけた。「もし飛び地が数百年前から存在していたのなら、それがすぐに崩壊してわれわれを閉じこめる心配はない。そういいたいのだろう？」

「そうよ。崩壊の可能性がどれくらいあるのかを知っていれば、冷静でいられるわ」

「その心配はない」アトランが口をはさんだ。「飛び地がすぐに崩壊して、われわれが脱出できなくなることはないだろう。壁の開口部の観察はこの先もつづける。変化があればすぐに船団が連絡をくれるから、われわれが避難に失敗することはない」

「それを願います」カーウェンはため息をついた。「檻《おり》に追いこまれたネズミのような気分だわ」

森は接近しつづけていた。木々は枝を翼のように上下に動かし、葉は魔法で引きよせられているかのように、みな搭載艇のほうを向いている。

カーウェン・セイは操縦桿《かん》に目をやり、エネルギー・インパクト・バリアが作動していることを確認した。こんな体験ははじめてだった。彼女はこれまで、未知の惑星に飛行したことはほとんどなかったのだ。多くの時間を宇宙船内のラボで費《つい》やしてきた。わたしがタルカン遠征隊に応募したのは、ただ未知の世界を知りたかったから。カーウェンはそう考えた。とはいえ、それからもう七百年もたってしまっていた。

「もうすぐ森がエネルギー・インパクト・バリアに到達します」ヘルナン・オークスがいった。「あと数センチメートル進めば、バリアに触れます」

「見ろ、前進をやめた」アトランがスクリーンを見て驚いた。「バリアを感知しているようだ」

「植生帯の直径は二百メートル」シントロニクスが響く声でいった。「樹木と草だけでなく動物も多数そのなかにいます。木の根は地中深くまで伸びています」

「森がどういう仕組みで移動しているかわかるか？」アトランが訊ねた。

「木は地中で根を動かしながら移動しています」人工知能のシントロニクスが説明した。

「根を一時的に地表に向けて押しあげるのです。いまは、水脈まで根を伸ばしているところです」

それを聞いて全員が身構えた。しかし、数分待ってもなにも起きなかった。樹木、草花、シダ、地衣類、動物など、森全体が接近していたが、たんにとりかこまれただけだ。

「探査ロボットを出動させる」アトランが決断した。赤い目に奇妙な輝きが宿っている。だが、カーウェン・セイはその決断に納得がいかなかった。ロボットがエネルギー・バリアから出たときになにが起きるのかを、アトランは知っているような気がしたからだ。

「ウイルスやバクテリアについてもくわしく知りたい。われわれを驚かせるような発見があるかもしれない」

「探査ロボットが出動しました」シントロニクスが報告した。

その直後、ロボットがスクリーンにうつしだされた。それは受信装置とさまざまな分析装置をそなえた反重力プラットフォームだ。探査ロボットは浮遊しながら緑の葉が生いしげった森に侵入し、木は枝をわきにどけてロボットのためにトンネルをつくった。そこでスクリーンの映像が変わり、管制室にいる乗員はロボットの目線で緑の森のトンネルを確認することができた。トンネルは森を抜けて草原のようなひろい場所へとつづいていた。

「森はロボットの侵入をとめないのね」カーウェン・セイがつぶやく。

「そういうと、森が知的生命体みたいじゃないか」アトランがほほ笑んだ。

「たしかに。自覚していなかったけれど、そのとおりです。そんな言葉が自然と浮かんだのです。われわれは本当に、ある種の知的生命体を相手にしているのかもしれません」

「平和的な知的生命体だ」アトランが同意した。「わたしは防護服を着て艇を降りる。それでも森が平和的なふるまいをつづけるなら、《ラクリマルム》からもう一機搭載艇を呼びよせよう」

「待ってください。なにか起きました！」ヘルナン・オークスが叫んだ。興奮しながらスクリーンを指さしている。そのとき《ラクリマルム》の船長エイドレ・ダールから連絡が入った。

「探知システムが、十二隻の未知の宇宙船を検知しました」

「サトラングで探知したのと同じタイプか？」アトランがたずねた。

「いいえ。でも共通点はあります」船長が答える。「クロノパルス壁をこえられるようです」

調査隊のメンバーは、搭載艇のスクリーンにうつしだされた映像を見て、船長の言葉の意味を理解した。探知された宇宙船は、狂気のバリアと呼ばれている壁のなかからあらわれては、ふたたび壁のなかへと消えていった。

「壁のなかと外をいったりきたりしている」カーウェン・セイが驚きながら口にする。

「そんなことが可能なの？」

「わからない」ヘルナン・オークスが答える。「これは大事件かもしれない」

「壁から出てきた宇宙船が、壁のなかへ消えていった宇宙船と同じものなら、そうともいえる」アトランがオークスの早合点をいさめた。

「ええ、もちろんです」オークスがはやる気持ちをおさえ、右の耳たぶをはげしくこすった。「また早とちりするところだった」

　調査隊はひきつづき探知システムのモニターにうつしだされた映像を見て、情報の収集につとめた。しかし、確認できたのは、先ほど見た宇宙船がなんどもあらわれては消えることだけだ。

「わたしたちに気づいたのでしょうか？」カーウェン・セイが訊ねる。

「そんなふうには見えないな」アトランが答えた。「気づかれるようなことをしよう」

「あえて相手の気を引くのですか？」エイドレ・ダールは驚いてたずねた。「危険すぎますよ」

「状況を進展させるときがきた」アトランは強くいった。「われわれはクロノパルス壁をこえる必要がある。目の前にあらわれた未知の存在にその能力があるなら、かれらの力を借りるべきだ」

「そんなふうにいうと、まるでかれらがわたしたちに協力する気があるみたいじゃないですか」カーウェン・セイがいいかえした。

「ないのか？」アトランはほほ笑んだ。「それなら、そろそろその気になってもらおうじゃないか」

4

〈あなた自身とその種族についてはよくわかりました〉ベラはテレパシーで会話をはじめた。クアゴン・ターモールが見るかぎり、彼女はこれまで育てあげた生物のなかでもっとも知的な存在だった。試験管で生まれたこのトカゲ類の生物はふたつの頭をもつ。ひとつめの頭は食物摂取と知覚のために、ふたつめの頭はおもに知的な仕事のために機能していた。その頭には、アンテナのついた銀色のバンドを巻いている。背中には青や緑や赤色に光るヒレがついていて、からだが動くたびに扇のように前後に開いたり閉じたりする。〈かれらのなかに、危害をくわえてくる敵と話しあったことがある者はいないのですね〉

〈そうだ〉クアゴンは肯定した。〈攻撃されたら、話しあいはしない。復讐するのが当然だから〉

〈そう考えるのが、あなたの種族のあいだではふつうかもしれません。でも、そう考えない種族もいます。あなたがたが異人に危害をくわえたにもかかわらず、その異人と話

しあってはならないなんて、いったいだれがいったのでしょう？　なぜ、あなたはかれらに謝罪しようとしないのですか？〉

クアゴン・ターモールはショックのあまり倒れそうになった。自分がつくった人工生物から忠告を受けたことは一度もない。そんなことをする勇気がある者はいなかった。怒りが頂点に達してベラを殺したい衝動にかられた。しかし、どうにか感情をおさえた。

〈わたしは異人の、あの宇宙船がほしい〉クアゴンは自分にいい聞かせた。〈それ以外のことはどうでもいいのだ〉

〈宇宙船のひとつを手に入れるには、異人と話しあい、交渉しなければなりません〉ベラはいった。〈まともに戦っても目的は達成できません。多勢に無勢。かれらは人数が多いだけでなく、よりすぐれた武器をもっています。けれども、あなたが攻撃について謝罪し、人工生物の一匹があやまちをおかしたと説明すれば、かれらは心を開くでしょう。そこで、話しあいをし、そのすきに罠をしかけて宇宙船を奪うのです〉

〈想像できない〉クアゴン・ターモールは顔をしかめた。

〈でも、完全に問題外というわけではないでしょう。やってみる価値はあるはずです〉

クアゴンはしばらく熟考した。ベラから忠告され、しかも、その内容が的を射ていることが気にくわなかった。できることなら、自分が主《あるじ》であることを証明するために、双頭のトカゲの忠告を拒否したい。けれども、ベラのアイデアが心をとらえてはなさなかった。完全に無視することはできない。目の前で、異星からきた宇宙船が手招きしている。そのうちのひとつを手に入れて、この惑星を去りたかった。

　クアゴンは双頭のトカゲを見つめた。そのときはじめて、ベラが自分よりも慎重で抜け目がないことに気づいた。この生物は明らかに、かれが計画していたよりもずっと知的に成長した。そこで、以前よりも注意深くベラを観察することに決めた。その秀でた能力をうまく利用してやろうと思ったのだ。

〈よし、やってみよう〉クアゴンは心を決めた。〈もしうまくいかなければ、異人に対して武力を行使するという手もある〉

　ところがすぐに不安におそわれた。ずっと孤独であった自分が久しぶりに精神的に対等な相手と交渉することを考え、恐ろしくなったのだ。人工生物に対しては不安など感じたことはない。けれども、宇宙船でやってきた異人に対しては恐怖をおぼえた。クアゴンは自信を失いかけていた。自分にまだ交渉する能力があるのかどうかは定かではなかった。それくらい、人工生物以外の存在を相手にするのは久しぶりだったのだ。

〈いまはまだ決めたくない〉クアゴンはベラに告げた。〈考えさせてくれ。ほうっておいてほしい。じゃましないでくれ。いつもきみはわたしのそばにいて、たのんでもいないのに忠告をくれる。そんな状況で、どうやって考えればいいんだ？〉

　双頭の生物は即座に引きさがった。自分の命がクアゴンの意志にかかっていることを知っていたからだ。クアゴン・ターモールはこれまでになんども、命令にしたがわなかった生物を殺してきた。

　自分だけになると、クアゴンは自己防衛用の機械を入念にチェックした。以前、この惑星の植物にくりかえし襲われたことがある。クアゴンが住む洞窟がターゲットにされたのだ。奇蹟的に命びろいできた戦いのことはいまでもおぼえている。植物たちの敵意は尋常ではなかった。その理由が、毒を使って植物を大量に死なせたせいだと知ったのは、ずっとあとのことだった。つまり、毒をまいたことによって植物を挑発してしまったのだ。以来、毒の使用を中止し、それ以外の防御策を講じることにした。

　植物が洞窟の岩をつきぬけたことはなんどもあった。現場を科学的に分析すると、植物は一年かけて洞窟のなかに侵入したとわかった。眠っているあいだにクアゴンを殺そうとしたのだ。それがきっかけで、クアゴンはポジトロニクス装置を開発し、それを用いて複雑な防御バリアを構築した。最初は失敗の連続だったが、やがてバリアによって植物をよせつけない方法を確立できた。バリアが機能しているかぎり、植物は半径百メートル以内に近づくことはできない。それでも近づこうとすれば、枯れてしまう。

〈この惑星を去るのは惜しいくらいだ〉クアゴンは思った。

　かれはほほ笑み、久しぶりに自信をもった。異人との交渉に対する不安は消えていた。

〈心配しなくていい〉クアゴンは自分にいい聞かせた。〈異人はわたしを賞讃するだろう。わたしの功績に対して畏敬の念をいだくだろう。このような偉人には会ったことがない、と思うにちがいない。わたしが創造した生物と同じように、わたしのことを神だと思うかもしれない〉

突然、洞窟のなかを稲妻が走った。爆発音がして、目の前の機械から火花が散った。そして、またしずかになった。

しばらくして、クアゴン・ターモールは複数の機械が停止したことに気づいた。それらがなければ襲ってくる植物から身を守ることができない。

ことの重大さを理解したクアゴンは、激怒した。罵倒し、機械のあいだをいったりきたりした。人工生物たちは隣りの洞窟でかれの声を聞いていたが、姿をあらわす者はいなかった。いまじゃまをすれば殺されると知っていたからだ。

ついにクアゴン・ターモールは、うなりながらひとつの機械の前で立ちどまった。故障の原因を追及し、ようやく数時間後にそれをつきとめた。きわめて弱い、かろうじて測定可能なインパルス波を発見した。それは、異人が設置した装置のひとつから発せられたものだった。

クアゴンは毛皮でおおわれた台の上にすわった。台にはかんたんなスイッチがついていて、その下には反重力装置がある。それは上昇すると、かれのからだのアーチ部分におさまった。クアゴンはからだを宙に浮かせながら洞窟の外に出た。すると、すぐに藪から鋭い矢が飛んできた。それを見てクアゴンは鼻で笑った。矢は当たらずに跳ねかえされた。それでもあきらめなかった植物は、クアゴンが百メートルの上空に達するまで矢を放ちつづけた。

洞窟のある山を急いで去ったクアゴンは、平原の上で草木に包囲された宇宙船を見つけた。身をかがめ、木陰にかくれながら、ゆっくりと異人が設置した装置のひとつに近づく。そばまでくると、地面に腰をおろした。すぐに草がまとわりつき、地衣類がはりついてきた。とはいえ、じゃまにならなかった。むしろ好都合だ。植物が身をかくすためのカムフラージュになる。その状態なら、異人に見つかったとしても、ただの古い岩だと思われるだろう。

クアゴン・ターモールはその装置を調べた。すぐに、それが観測データを収集し、宇宙船に送信するためのものだとわかった。

怒りのあまり装置を破壊しそうになったが、そうすることで自分の存在がばれては困ると考えて思いとどまった。そして、しずかにそこを立ち去った。

*

アトランは軽量の防護服を着て搭載艇の外に出た。そして、カーウェン・セイがつくってくれたエネルギー・インパクト・バリアの構造亀裂をとおって森に足をふみいれた。

目の前には緑の葉におおわれた木の壁がそびえ立っていた。その厚い壁の向こうは、数メートル先までしか見えない。アトランは立ちどまって森の反応をうかがった。だれかに観察されているような気がしたからだ。けれども、なにも起こらないまま数分が過ぎた。一歩前進し、手を伸ばして木の枝をわきに押しやってみる。すると、ついに森が反応した。見えない手によって動かされたかのように一部の藪が開き、トンネルができあがった。アトランはそのなかに入った。

「安全そうに見える」かれは管制室に報告した。

「ここからも、そう見えます」カーウェン・セイが答えた。「森は隙間をつくりつづけています。道をあけてくれているようです」

アトランは植物を踏みつぶさないように注意した。コケや草がわきによってくれるおかげで地面があらわになり、足場を確保しながら前進することができた。

「よし、ほかの惑星にも搭載艇を着陸させるぞ」かれは命じた。「三つの惑星に観測装置を配置して、調査を開始する」

「命令を伝えました」しばらくして、カーウェン・セイが報告した。

アトランが森をとおりぬけると、そこには草原がひろがっていた。黒と白のまだらの動物の大群が草を食《は》みながら移動している。

「いまのところ、飛び地についての新しい情報はありません」ヘルナン・オークスがいった。「もしかすると、ヘラ星系の惑星のひとつに、クロノパルス壁の特定のエリアに圧力をくわえる機械があるのかもしれません。飛び地は何者かによってつくられたものにちがいありません」

「わたしもそう思う」アトランは設置ずみの観測装置のひとつに近づきながら答えた。「観測装置の設置場所を増やせば、なんらかの手がかりが見つかるかもしれない」

「ヘラⅡとヘラⅢにそれぞれ二機の搭載艇が着陸したとの報告が入りました」カーウェン・セイが伝えた。「また《ラクリマルム》の探知システムがクロノパルス壁を出入りするさらなる宇宙船を検知しました。現在、四十件の探知データがあります」

突然、カーウェンが叫んだ。息づかいが荒い。

「どうした？」アトランは訊ねた。

カーウェンは答えなかった。

アトランは踵《きびす》をかえして搭載艇に走ってもどった。急いでいたが、植物を踏みつけないよう注意をはらう。

管制室にもどると、カーウェン・セイは真っ青な顔をしてシートにすわっていた。両手で顔をおおっている。

「いいかげん、なにが起こったのか教えてくれ」アトランがどなった。

カーウェンは青ざめた顔を向けながら説明する。

「ヘルナンが消えたんです」

「このシートにはだれもすわっていない」アトランがいった。「ヘルナンはどこにいったんだ？」

「わかり、ません」カーウェンは声をつまらせながら答えた。

「立ちあがって出ていったのではありません。突然、消えたんです。でも、ヘルナンにはそんな能力はありません。テレポーターではないし、かれを連れていくようなテレポーターもここにはいません」

アトランは《ラクリマルム》の船長と連絡をとり、船団内のすべての宇宙船で、失踪事件の発端《ほったん》になるようなことがおこなわれなかったかどうかを確認した。ヘルナン・オークスの失踪にはだれも関与していないことが明らかになった。

*

それから十二日が過ぎた。アトランと《ラクリマルム》の乗員は、ヘルナン・オークスの捜索をつづけたが、なんの手がかりも見つけられなかった。

一一四三年七月三日、ニッキ・フリッケルが指揮する《ソロン》が惑星アイシュラン＝ホからフェニックス＝1に帰還した。彼女の報告もけっしていいものではなかった。

いっぽう、《ラクリマルム》と《シグヌス》の乗員は、ヘラ星系の三つの惑星に観測ステーションを設置し、惑星の探査をおこなっていた。そのあいだに、銀河系船団はクロノパルス壁をこえたように見える、あらたな宇宙船を発見した。実際にこえたのか、それとも短時間だけ壁のなかにもぐりこんでふたたび出現したのかどうかは定かではなかった。それらの宇宙船は、動きかたが跳ねまわる小型のカンガルーに似ていることからワラビーと名づけられた。

アトランはワラビーの乗員の気を引こうとした。しかし、通信機にもほかの手段にもまったく反応しなかった。

*

クアゴン・ターモールはこの数日間、感情が大きくゆさぶられるのを経験した。あるときは孤独を捨てて、ギャラクティカーとコンタクトをとろうと決心し、またあるときは、些細《ささい》なことを理由にその決心を撤回した。きのうは平和的な対話を望んだのに、きょうは容赦なき戦いだけが解決策になると考えた。

みずから創造し、手なずけた生物はなんの役にも立たなかった。双頭のトカゲとさえ話しあうことはむずかしかった。ベラが望みどおりの反応をしめさなかったからだ。

クアゴンは徐々に、ギャラクティカーがこの惑星にいることに慣れていった。かれらの会話を盗聴し、多くの情報を収集した。しかし、具体的になにをしているのか、なにについて話しあっているのかは理解できなかった。

とくに、クアゴン・ターモールにはユーモアのセンスがなかったので、冗談が聞こえてきてもまったく理解できなかった。また、かれらがヘラⅠの植物と良好な関係を築きつつあるのがうらやましくもあった。クアゴンはどうしても植物を理解できなかったからだ。植物はなんの価値もなく、迷惑でしかなかったので、じゃまになるものはみな抹殺した。

クアゴンは、植物に包囲されている自分のかくれ家のことを心配していた。異人の観測装置に機械を破壊されて以来、植物に対する防御策がなくなってしまったからだ。以前まいた毒の効力はまだのこっていたが、植物の接近が致命的になるのは時間の問題だった。そこで、クアゴンはあらたに防御バリアを生成する機械を開発しようとしたが、うまくいかなかった。すべてをギャラクティカーのせいにすることでなんとか気力をたもっていた。

ギャラクティカーが乗ってきた搭載艇のなかのきょうの日付は一一四三年七月六日だった。クアゴン・ターモールはこれまでべつの暦にしたがっていたが、異人に慣れるために数日前からかれらの暦を採用することにした。

その日、恐ろしい事件が起こった。

いつものように泉に水を飲みにいくと、水がグリーンに濁っていたのだ。しかも、ひどい悪臭を放っている。

クアゴン・ターモールは叫び声をあげてあとずさりした。アーチ形のからだの割れ目から大小さまざまな目が飛びだしてくる。かれはすべての目を使って泉を観察した。この惑星にきて以来、水の問題に直面したことはなかった。水はいつも清潔で澄んでいたのだ。

クアゴンはベラを呼びよせて泉を見せた。

〈すぐになんとかしなくては〉かれはトカゲにいった。〈喉が渇いているんだ〉

けれども、水を浄化する方法がわからず、とほうにくれた。飲み水がなくなるなんて考えたこともない。ひとつだけわかったのは、それがヘラIの植物による仕業だということ。クアゴンが、植物と良好な関係を築いているギャラクティカーを共犯者と見なすまでに時間はかからなかった。対話をするのではなく、宇宙船だけを奪う口実をまたもや見つけることになった。

〈着陸艇ではなく、一度でいいから恒星船できてくれればいいのに〉クアゴン・ターモールは思った。〈そうすれば、船を奪う意味ができる。着陸艇だけ手に入れても仕方がない。それならわたしももっている。だが、着陸艇で恒星船に接近するしかないなら、どういう方法をとるべきだろうか？　小型艇で巨大な宇宙船に近づけば、乗りこむ前に発見されて、追いはらわれるのが落ちだろう〉

〈藻を濾過《ろか》するのです〉双頭のトカゲが提案した。〈それならわたしにもできます。ですが、フィルターを一からつくらなければならないので、完成までに一時間ほどかかります〉

〈早急につくってくれ。喉がすごく渇いているんだ。あと、植物が二度と泉に侵入できないようにしてくれ。必要なら、泉に毒を注入してもいい〉

〈それは、あなたにとっても害になります〉ベラが意味ありげな返事をした。

クアゴン・ターモールは驚いた顔でトカゲを見た。自分がそれに気づかなかったことにショックを受けたのだ。かれはベラにかまうことなく、泉がある岩穴から出た。

それからしばらく歩いた。

やがて、ラボのひとつにつづいている曲がりくねったトンネルに入った。天井にならんだ照明が、むき出しの壁を照らし、その凹凸《おうとつ》をより鮮明に浮かびあがらせていた。半分ほど進んだところで足をとめる。ほかの場所よりも凹凸がすくない壁面があった。これまで、その壁面が目にとまったことは一度もない。けれどもきょうは、変化に気づいて立ちどまらざるをえなかった。

指で壁をなでると、ほかの場所と素材がちがうことがわかる。

クアゴンは冷静でいようとつとめた。

〈パニックになるな！〉心のなかで自分にいい聞かせた。〈恐怖心をいだいていること

を、人工生物たちに気づかれてはならない〉

　クアゴンは数百年も前にこのトンネルをつくった。あまりに昔のことなので、記憶もほとんどない。唯一おぼえているのは、この惑星には自分しかいなかったこと。だからこそ、生活の基盤ができると、遺伝子実験をはじめたのだ。

　いったいだれがこの壁面を変えたのか？

　その疑問が浮かんだ瞬間、クアゴンは震えはじめた。

〈わたしだけではなかったのだ〉かれは真実に気づいてしまった。〈数百年ものあいだ、この惑星には自分しかいないと信じてきた。でも、それはまちがいだった。自分以外のだれかがいる。その存在は姿を見せたことはないが、すぐそばで生活しているのだ〉

　クアゴンは変化した壁面からすこしはなれ、そのまま立ちすくんだ。どうすればいいのかわからない。壁の向こうになにがあるのか知りたかった。けれども、それを知ってしまうのが恐ろしい。

　はるか昔から、見知らぬ隣人に監視されていたのかもしれない。そう思うと、からだが震えた。

〈壁を壊さなければならない。壁の向こうになにがあるのか知りたい〉クアゴンは覚悟を決めた。〈なにかがあることを知りながら、なにもせずに生きていくことなんかできない〉

ふたつの敵軍にはさまれているような気がした。そのときはまだ、どんなときも、ともにギャラクティカーと戦ってくれる味方がすぐそばにいるという考えは持っていなかった。

5

カーウェン・セイは数日間、ヘラⅢの調査隊にくわわった。その惑星は大気がなく、恒星ヘラから二千九百万キロメートルはなれていた。重力は一・〇五Gで、ヘラⅠやヘラⅡの二倍だ。とはいえ、着陸艇内ではつねに重力は一Gにたもたれていたため、そのちがいはわからなかった。

滞在四日目、カーウェンはある発見をし、すぐにアトランを呼びだした。ふたりはセランを着て、赤道近くの峡谷を飛行した。かれらが発するサーチライトの光が、切りたった崖に沿うように通りすぎていった。

「もうすぐ着きます」カーウェンは無線でアトランにいった。「わたしのシントロニクスがその場所を見つけたといっています」

彼女は垂直に切りたった崖にできた、幅が数メートルの裂け目に向かって浮遊し、アトランもそれにつづいた。なにも謎めいたものがあるようには見えなかった。

「わたしは偶然ここにきたんです」カーウェンは説明した。「ここになにかがあるなんて思いもしませんでした。探知装置にはなにもしめされていなかったし、わたしのシントロニクスもこのエリアに関心をよせていませんでした」

　ふたりは明かりに照らされた洞窟にたどりついた。そこでは《ラクリマルム》からきた七人の男たちが、床に散らばった金属やプラスティックの部品を調査していた。それらの部品がなんのために使われたのかは、直感のするどいアトランですらわからなかった。

「なんだと思いますか？」カーウェン・セイがたずねた。

「現時点では、わからないな」アトランが答えた。「男性諸君、きみたちはどう思う？」

「ロボットの部品かもしれません」科学者のひとりが答えた。

「ポジトロニクス部品も発見しました」もうひとりがつけくわえた。

「部品はぜんぶで二十九個あります」カーウェン・セイが説明する。「でも、対になっているものはありません」

「ここにもなにかあります」男のひとりが声をあげ、ちいさな部品をアトランにわたした。「わたしの見方が正しいなら、記憶素子です」

「これをきみのシントロニクスにつないでくれないか？」アトランがたのんだ。

「やってみます」科学者はしばらくセランのインターフェースをいじっていたが、突然手招きしてみんなを呼んだ。「声が聞こえます」

「わたしたちにも聞かせて」カーウェン・セイが急《せ》かした。科学者のシントロニクスはその要望に応えた。全員でかすれた奇妙な声に耳をかたむける。

「古代カルタン語だ」アトランがいった。

「言葉の意味はわかりますか？」カーウェンがたずねた。「推測でもかまわないので、教えてください。なにかわかったんですよね？　それともわたしの思いちがいですか？」

「思いちがいじゃない」アトランはいくつかの部品に目をとおすと、こうつづけた。

「古代カルタン語が聞こえたということは、つまり、これらの部品はクトル・ロボットの残骸である可能性が高い」

「それで？」カーウェン・セイはアトランの言葉をどう解釈していいかわからなかった。

「いまは、それ以上のことはいえない。ここでなにが起こったのかは不明だ。だが、ある時代に、カルタン人がヘラⅢにいたことはたしかだと思う。クトル・ロボットはその昔、独立した文明を築いたことがあった。もしかすると、ここのロボットもそうだったのかもしれない。このわずかな痕跡からそれを判断するのはむずかしい」

「この惑星にはもっと多くのクトル・ロボットがいるということですか？」

「現段階では、なんともいえない。これまで、われわれは観測装置にばかり気をとられていた。クロノパルス壁についての情報を多く入手したかったからだ。だが、これからは、クトル・ロボットとその痕跡の調査にも力を入れることにする」

アトランはもの思いにふけりながら残骸に目をやった。

「まだ解明できていないこともある。《ラクリマルム》に搭載されたシントロニクス・デバイスが故障し、プログラミングが消去された理由がわかっていない」

「クロノパルス壁に飛び地が形成された理由もまだわかりません」カーウェン・セイがつけくわえた。

「そのとおりだ。三つの惑星のいずれかに、この飛び地を維持しているなんらかの機械がかくされているのかもしれない」

「つまり、その機械こそがクトル・ロボットだということですか?」カーウェン・セイは興奮してたずねた。

アトランは苦笑いをしてかぶりを振った。

「そう急ぐな、カーウェン。それはまだ推測にすぎない。そうした機械が本当に存在するのなら、たしかにそれはクトル・ロボットによってつくられた可能性がある。しかし、それ自体がロボットである可能性は低い」

「いずれにせよ、われわれはその機械を見つけなくてはなりません」

「その機械を使えば、われわれは躍進できるだろう」アトランは力強くいった。「こうした次元に飛び地をつくれる機械なら、壁を突きやぶることも可能かもしれない」

「もしそうなら、銀河系船団が故郷銀河の中心にいたる道が開かれますね」

「それは、期待していない」アトランは答えた。

「では、なにを？」

「もし、われわれが飛び地になんらかの変化をあたえられれば、銀河系の権力者たちだけでなく、ワラビーの乗員からも注目されるにちがいない。どんな操作も見のがされるはずがないからだ。そこで、かれらが行動に出れば、そのときがわれわれにとってチャンスだ」

*

クアゴン・ターモールは管制室へと向かった。自分のすべきことを明確にするためには、しばし現実から距離をおく必要があった。

突然、クアゴンは身構えた。ギャラクティカーのひとりがスクリーンにうつしだされたからだ。異人は観測ステーション付近にある謎の装置を操作している。クアゴンはその人物が飛翔グライダーに乗って飛びさるまでじっと観察した。おかげで数分間は問題を忘れることができたが、すぐにまた思いだした。

壁面の変化！

ずっと前からここには自分以外のだれかが住んでいた。ようやくきょう、そのことに気づいた。

護身のためにエネルギー・ブラスターをポケットに入れ、工具をもって問題の壁面がある場所にもどった。

躊躇《ちゅうちょ》しつつも、ピックを手にとり、岩を砕いた。

砕けた破片が音を立てて地面に落ちた。

〈なにをしているのですか？〉頭のなかで声が響く。

工具をおくと、トンネルをとおってこちらに向かってくる双頭のトカゲが見えた。

〈見ればわかるだろ！〉

ベラは地面に伏せると、四つの目でいぶかしげにクアゴンを見た。

〈わたしが正気を失ったと思っているのだろうが、そんなことはない！〉クアゴン・ターモールは憤慨した。〈きみは自分が何者なのかわかっていない！　わたしがこの壁を壊すことが正しいと思うなら、だれもわたしの決断に文句をいう権利はない〉

ベラは前脚をあげて身構えると、七色に輝く背中のヒレを振った。

〈絶対に文句はいいません〉トカゲは断言した。

〈ここだ〉クアゴンは説明した。〈何者かがこの壁面を変えたんだ。この壁の向こうにそれはいるにちがいない。それが何者なのか、かならず見つけだしてやる。そうでない

と気がへんになってしまう〉

それが、かれの率直な気持ちだった。

〈そこでじっとしていないで〉クアゴンは双頭のトカゲに命じた。〈肉体労働向けの人工生物を何匹か連れてこい。助けが必要なんだ。急げ！〉

〈すぐにもどります〉ベラは謙虚に答えた。脚をばたつかせて急いで立ちさった。

クアゴン・ターモールはいらだちをおぼえながら壁を砕いた。壁面が崩れれば、崩れるほど、いらだちはおさまっていった。だから、ベラが遺伝子操作された生物を何匹か連れてもどってきたときは、仕事をたくすのがおしいくらいだった。恐ろしい怪物に見えるその生物たちは、ほとんどが複数の動物種を融合させたもので、わずかな知性しかそなえていない。

〈この手の仕事は、こいつらのほうが向いている〉クアゴンは生物たちを見くだしながら思った。〈バイオ素材を溶かして、新しい生物につくりかえなくてよかった〉

クアゴン・ターモールは人工生物たちの仕事ぶりを見ていた。そのなかでは、ベラだけが心から満足できる生物だった。それ以外の生物はあまりにも不完全だ。許せない点は、醜い見た目というよりは、むしろ知性の欠如だった。

ときどき、ベラが大声で指示をだしたおかげで、クアゴン・ターモールはほとんどなにもせずにすんだ。

しばらくすると、壁に穴が開いた。そこからかすかな光がさしこんでくる。クアゴンはそこで作業を中断させようと思ったが、もうすこし穴が大きくなるまでつづけさせることにした。

「なにか見えるわ！」トカゲが叫んで、労働者たちをさらに駆りたてた。「急いで！」ベラは電気棒で生物をたたいて急かせた。すると、壁が大きく崩れおち、地面から天井までとどくほどの穴ができた。

クアゴン・ターモールは作業を中断させ、遺伝子操作された生物たちを追いかえした。そして砂埃がなくなるまで待ってから、穴に近づき、なかをのぞきこんだ。

〈なにもない〉クアゴンは落胆した。〈光が見えるだけだ。いや、べつの壁があるようだ。乳白色に光っている〉

トカゲは終始冷静だった。

「べつの壁とはなんですか？」ベラはしわがれた声でたずねた。

〈エネルギーの壁があるんだ〉クアゴン・ターモールは答えた。

クアゴンはさらに岩を砕いて、自分の推測が正しかったことを確認した。岩の背後には、かすかに光る純粋なエネルギーの壁がある。両手で壁を押したが、動かすことも、とおりぬけることもできない。それは乳白色に光り、向こう側はぼやけて見えなかった。

〈これじゃあ、どうしようもない〉かれは思考をとおしてベラにいった。〈ここになに

かがある、ということだけはわかる。もしかすると、ずっと前からあったのかもしれない。でも、その正体はまったくわからない〉

クアゴンは怒りにまかせてエネルギーの壁を殴った。鈍い音がしたが、なにも起こらない。

こんどは数歩下がって、ブラスターでエネルギー・ビームを壁に向けて発射した。指の太さほどのビームがブラスターから飛びだし、乳白色に光る壁にぶつかった。けれども跳ねかえって、数メートルうしろにある岩の塊りをいくつか砕いた。

〈これでは、埒《らち》があかない〉クアゴンは頭に血がのぼっていた。〈振動インパルス銃でもためしてみよう。ラボにあるはずだ〉

双頭のトカゲが武器をとってくるといいだす前に、かれは急いでラボに向かった。

〈それはわたしの仕事です！〉うしろでベラが叫ぶのが聞こえた。

クアゴンはその声を無視して、走りつづけ、べつの通路に入った。そして、かつて遺伝子実験をおこなった大きなラボに到着した。そこは、延命薬の開発をはじめ、すばらしい成果をおさめた場所だった。しかし、自分と対等に会話できて、孤独を和らげてくれるような生物を創造することはできなかった。ベラはクアゴンがつくった最良の生物だったが、完全に満足しているわけではなかった。このトカゲが充分な知性をもっているとは思えなかったから。会話がなりたたないことが多々あったし、精神的にも劣っている気がしていた。

急いで戸棚の前にいき、銃をとりだす。そして振りかえったとき、あるものを発見した。

驚きと恐怖でからだが硬直した。

なんと、実験用容器のひとつに、ギャラクティカーの頭部と胴体が入っていたのだ！

クアゴンは愕然とした。手から力がぬけて、武器が床に転がりおちた。

自分が見たものが現実だとは思えなかった。幻かと思った。ギャラクティカーのひとりがラボにいて、それどころか医学実験の対象にされたなんて。ありえないことだった。

〈ベラ！〉クアゴンは心のなかで叫んだ。

〈どうかしましたか？〉トカゲがたずねた。〈なぜ驚いているのですか？〉

ベラはラボに入るやいなや目を見ひらいた。

〈なんてこと〉ベラの思考は極度の興奮状態をあらわしていた。

容器のなかのギャラクティカーは死んでいた。だれかに実験台にされて、殺されてしまったのだろう。しかし、だれがやったのか？　これまでのところ、このラボで実験していたのはクアゴン・ターモールだけだった。自分以外に実験ができる存在など思いつかなかった。そのときのかれは、実験が失敗に終わった事実を完全に見のがしていた。悲観的になり、自分以外に実験する能力がある者はだれなのかと必死に考えつづけた。

考えれば、考えるほど恐ろしくなった。

というのも、そんなことができるのは、何百年も近くで生きてきた、あの謎の存在以外に考えられなかったからだ。

〈そいつがここに侵入したんだ。ギャラクティカーのひとりを連れさって、実験に利用したんだ〉クアゴンは確信した。〈それしか考えられない〉

クアゴンは恐ろしさのあまり動けなくなった。なぜなら、自分もそうした実験の犠牲者になりうることを悟ったからだ。これまでに多くの生物を実験に利用してきたが、命の大切さについては考えたことがなかった。どんな生物もかれにとっては〝材料〟でしかなかったからだ。

〈そいつが、われわれの領域に侵入してきた〉クアゴンはパニックにおちいりながら考えた。〈われわれも、そいつの領域に侵入できることを教えてやろう。壁を突破するぞ！〉

銃を手にして、ラボを飛びだした。われを忘れるほど興奮していた。何百年ものあいだしずかだった惑星で、事件が次々と起こっていた。この数週間で、数百年分よりも多くのことが起こっていた。

ベラは無言でクアゴン・ターモールにしたがった。怒りをかわずにすみ、安堵しているようだ。

クアゴンは銃でエネルギーの壁を撃ちつづけた。壁の色が変わりはじめると、力つきかけてうめき声をあげた。

〈つづけてください〉双頭のトカゲが力をこめていった。〈あきらめないで。もうすこしです〉

このような状況でなければ、主人を鼓舞するこの生物をただちに罰していただろう。しかし、クアゴンにはいま、はげましてくれる存在が必要だった。

突然、山のなかで轟音《ごうおん》が鳴りひびいた。壁が揺れ動き、岩の塊りが音をたてて落ちてきた。しかし、エネルギーの壁は崩れなかった。

かれは息を切らしながら、武器のスイッチを切った。ベラがパニックになって逃げていくのが見えた。

地震のように地面が揺れていた。クアゴン・ターモールはこれ以上ここにいるのは危険だと悟った。身を守るために、しぶしぶその場を去った。

作業室に入ると、クアゴンはスクリーンに釘づけになった。そのひとつに、かくれ家がある山がうつしだされていたからだ。洞窟の入口から二百メートルほどはなれたところで、土煙があがり、山の斜面には割れ目ができている。開口部の高さは二十メートル。なんと、そこから大きなグリーンの球体がでてきた。それは傾斜した草地の上をゆっくりと転がっていった。

〈ベラ！　こっちへこい！　あれを見ろ！〉クアゴンはスクリーンから目をはなすことなく命令した。

　ベラはおびえて動けずにいたが、急ぎ足でくると、かれの横にひれふした。そして、無言でスクリーンを見た。

〈爆音がして地面が大きく揺れたあと、岩の割れ目ができて、これが出てきたんだ〉

〈それはなんですか？〉トカゲははげしく背びれを振りながらたずねた。〈こんなものは見たことがありません。これが謎の存在でしょうか？〉

〈わからない。ようすを見るしかない〉クアゴン・ターモールは、トカゲがついてくるかどうかも気にせずに、急いで洞窟の出口へと向かった。ベラはとりのこされたくなかったので、あとを追った。

　すこしたって、クアゴンは出口の前まできた。そのときはじめて、自分が急ぎすぎたことに気づいた。銃しかもっていなかった。急いでいたために反重力装置を忘れてしまったのだ。

　洞窟を出たとたん、山の上からツタが襲ってきた。ツタはクアゴンを縛りあげようとし、樹木はかれの行く手をさえぎった。植物たちは死ぬ覚悟で肥《ひ》沃《よく》な大地をはなれ、ぐらつく岩場に根をはりつけながら、はってここまでやってきたのだ。

　クアゴン・ターモールはうなり声をあげた。奇襲攻撃に激怒し、ツタをひきちぎって木の上によじ登った。枝が音を立てて殴りかかってきたが、なんともなかった。かれのかたいからだは、それらを跳ねかえし、わずかに傷ついただけだった。

〈頭の悪いやつらだ！〉クアゴンは思った。泉の水の汚染のほうが自分にとってはダメージが大きかった。こんな攻撃は蚊に刺されるくらいのものでしかない。

突然、ベラが悲鳴をあげた。藪から放たれた種子の矢が、彼女の背中に深く突きささっていた。手術で矢をとりのぞくしかない。すぐにクアゴンは思った。刃先が鋭利ないかり形だったので、それ以外の選択肢はない。かんたんに引きぬくことはできなかった。よって、双頭のトカゲは手術を受けるまで痛みに耐えることになった。

〈自業自得だ！〉クアゴンは怒った。〈藪が攻撃をしかけてくることは、知能指数がもっとも低い生物ですら知っているぞ〉

ベラはうめき声をあげた。

〈こんな失態はもう二度とおかしません〉ベラは謝罪した。〈わたしが森に火をつけて焼きつくしましょう。藪はひとつのこらず消滅させます〉

〈森に火をつけたりすれば、ギャラクティカーにわれわれの存在がばれるぞ〉クアゴン・ターモールが叱った。〈山火事が起これば、かれらはかならずやってくる。そして周辺調査をはじめる。それはなんとしても避けねばならない。いま刺激してしまったら、宇宙船を奪えなくなる〉

〈申しわけございません〉トカゲは反省した。〈あなたに断りもなく火をつけるようなことはけっしてしません。わたしはただのおろかな下僕ですから〉

〈その気持ちを忘れないように。そうでないと、先はないと思え〉

ベラはクアゴン・ターモールの前にうやうやしくしゃがみこみ、反抗する気はないことをからだでしめした。クアゴンは渋い顔をして、彼女を見おろした。そして、次の言葉を口に出そうとしたそのとき、稲妻が走った。同時に、火山の噴火を思わせるような轟音が鳴りひびいた。雨雲があらわれて、はげしい雨が降りそそぎ、あたりが暗くなって、数メートル先しか見えなくなる。稲妻の光が一瞬周囲を照らしてはじめて、クアゴンは攻撃してきた木々がまだそばにいることに気づいた。とはいえ、ゆっくりとしか前進しなくなっていた。

クアゴンは山からあらわれた謎の球体のことを思いだすと、先を急いだ。球体はすぐに見つかった。まるで見えない手によって操られているかのように、森に向かって真っすぐに転がっていく。かれが二十メートル手前まで接近すると、そこから液体が噴射され、それを浴びた木々から蒸気と煙が舞いあがった。

次の瞬間、森は爆発したように見えた。森から木々が飛びだし、球体に突進していった。空中で枝をはげしく揺らしながら、それに向かって大きな木の実を投げつけた。クアゴン・ターモールは、実が破裂して、鮮やかな色の液体が球体の上から流れ落ちるのを見た。すぐに、黄色い煙が立ちあがった。

〈酸のようです〉ベラが伝えた。〈球体を腐食しています〉

〈この奇妙な生命体は何者なんだ〉クアゴン・ターモールは考えた。〈球体は森と戦っている。わたしの味方のようにも見える。だが、実際はそうではない。ずっと前から同じ場所で暮らしながら、わたしになんの関心もよせなかった。なんていやなやつなんだ〉

　ベラが悲鳴をあげた。

　クアゴン・ターモールは驚いて振りかえった。三本の木が近づいてくるのが見えた。枝を揺らしながら、木の実を投げつけてきた。かわす間もなく実は直撃し、クアゴンはうずくまった。激痛のあまり気を失いそうになる。

〈逃げてください！〉トカゲの叫びが聞こえた。〈それはビーム・フルーツです。敵の体内にエネルギー・フィールドをつくって、殺害するのです〉

　クアゴンはベラが正しいことを瞬時に悟った。すぐに逃げだそうとしたが、一本の木の枝につかまれて先に進めなくなった。パニックにおちいりながらも、抵抗して木を粉々に砕く。だが、そのあいだにほかの木が近づいてきた。次から次へと投げつけられた木の実が、アーチ形の上半身の上で破裂した。クアゴンはエネルギー・フィールドの影響を感じた。からだから力がぬけて、思考が停止しはじめた。論理的にものを考えられなくなっていった。

けれども、偶然がクアゴンを救った。

雷が一本の木に落ち、樹冠から根元まで貫通したのだ。

〈神はわれわれの味方だわ！〉ベラが歓喜する。

クアゴン・ターモールはそのすきに逃げだした。だが、遠くまではいけなかった。暗闇から巨木があらわれ、行く手を阻《はば》んだからだ。木は威嚇《いかく》するように枝を振りあげた。

クアゴンは即座に反応し、エネルギー・ブラスターをふりあげ、ビームを発射した。人工の稲妻が雨をつきぬけて、木を倒した。

〈やってしまった！〉かれは心のなかで叫んだ。〈これでギャラクティカーに見つかってしまう〉

クアゴン・ターモールはまた逃げだしたが、すぐに立ちどまった。もう、このまま武器を保持することも、洞窟にもどることもできない。ギャラクティカーは追ってくるにちがいない。見つかってしまえば、すべては水の泡だ。そもそも、自分は奇妙な球体を追ってここまできたのだ。球体の正体を突きとめることが先決だった。かれは武器を捨て、洞窟とは反対の方向に歩きはじめた。

6

アトランとカーウェン・セイが着陸艇にもどると、《ラクリマルム》の船長エイドレ・ダールから連絡がきた。

「すぐにヘラIに飛んでください」船長がアトランに告げた。「エネルギー放出を検知しました」

「シントロニクスへの影響は?」アトランが訊ねた。

「ありません。機器は故障していませんし、凶暴になった者もいません。先日のシントロニクス・デバイスの潰滅とは関連がないようです」

「それは現場で判断しよう」アトランがいった。「わたしはヘラIに飛ぶ。カーウェンは第三惑星にのこる」

　船長との会話をおえたアトランは、クトル・ロボットの痕跡を探しつづけるようカーウェンに指示した。

「とくに、ロボットの部品が何年前のものなのかを調べてくれ」かれはつけくわえた。

「ロボットがクロノパルス壁ができる前からここにいたのか、それとも、そのあとにきたのかを知りたいんだ」

年配の科学者で、思慮深いが頑固そうな風貌をしたウィル・キンストンが、特殊な実験をおこないたい、とアトランに申しでた。

「まずは、あなたの許可が必要です」年配の科学者はいった。「ヘラIIIにトランスフォーム砲を配備する許可をいただきたい。それをクロノパルス壁に向けて発射し、それが飛び地にどのような効果をもたらすのかを確認したいのです」

「いいだろう」アトランは即決すると、着陸艇の管制室を出ようとした。

「もうひとつあるのですが」科学者はつけくわえた。「今回、使用するのは旧モデルですが、なんらかの理由で使用後に、われわれが機器を回収できない場合は、自動的に自壊することになっています」

「もちろんだ」アトランは語気を強めていった。赤い目が輝いている。「トランスフォーム砲のような武器は、どんなことがあっても敵の手にわたってはならない」

「また、いまのところ、ワラビーの乗員の注意を引くことには成功していません。だからこそ、かれらの近くでトランスフォーム砲を発射したいのです。もちろん、砲弾を命中させて、船体を破壊するようなことはしません」

「あたりまえだ。異人の宇宙船を撃墜し、それに乗船する知的生命体を殺害する権利はわれわれにはない。したがって、異人の宇宙船を破壊したり、撃墜したりしないことを確約する場合のみ、トランスフォーム砲の使用を許可する」

「確約します」

「成功を祈る」アトランは別れを告げた。

数時間後、かれはヘルナン・オークスが姿を消したヘラIにある搭載艇の管制室にいた。天候が悪化し、嵐がやってきて、はげしい雨が降っていた。

《ラクリマルム》の船長エイドレ・ダールがふたたびコンタクトをとってきた。その表情からは疲労が見てとれた。大きく見開かれた目はどんよりと曇っている。

「飛び地の観測をつづけていますが、われわれがもっとも恐れていたことが現実になってしまったようです」

表現がオーヴァだ、とアトランは思った。

「その恐れとはなにかな？」かれはすこしからかうようにたずねた。

「飛び地が変化しています」船長は説明した。「開口部が徐々に閉じているようです。われわれの観測結果が正しいなら、壁の外側へとつづく通路の直径は五・三光時から四・八光時に縮小しています」

「以前にもこうした変化はあったのか？」アトランはたずねた。

「いいえ」船長は答えた。「チーム全員が心配しています。だれも飛び地に閉じこめられたくないからです」

「あたりまえだ」

「ひとりの例外をのぞいて」

「それはどういう意味だ？」

「小耳にはさんだのですが」船長はためらいがちにいった。「ラトバー・トスタンは、閉じこめられてもいい、といっているようです。たんなる噂ですが」

「ラトバー・トスタンが？」アトランは驚いてたずねた。「なにかアイデアがあるのなら、わたしに直接報告するよう伝えてくれ」

アトランは、通路の閉鎖が確実になったら、すぐに報告するよう船長に指示すると、通信をオフにした。

「探知装置が反応した」艇内のひとりが叫んだ。「だれかまだ外にいるのか？」

「現在、調査隊のなかで艇外にいる者はひとりもいません」シントロニクスが答えた。

「例外はヘルナン・オークス。かれはまだ行方不明です」

「エネルギー・ビームを発射した者がいます」探知装置が説明した。

「その者は武器を捨てました」シントロニクスがつけくわえた。「われわれの探知装置がそれを検知すると思ったからです」

「つまり、それなりの知性を有する生命体がいるということか」アトランは皮肉っぽくいった。「その生命体の居場所と外見はわかるか？」

スクリーンの色が変化したが、画像はあらわれなかった。

「申しわけありません」シントロニクスは謝った。「わたしを妨害するなにかが外にあるのです。その原因は木の実にあるようです。それが独自の光線を放っているために、その生命体の居場所を特定できません」

＊

雨脚はますます強まり、近くで雷鳴がとどろいた。クアゴン・ターモールは手探りで前に進んだ。

〈ベラ、どこにいるんだ！〉

まるで、その声が聞こえなかったかのように、双頭のトカゲはしばらく返事をしなかった。ありえないことだ。クアゴンとベラの思考はつながっているので、聞きのがすはずがない。

〈近くにいます。わたしが見えませんか？〉

遺伝子実験によって自分がつくり出した生物がすぐに命令にしたがわなかったのは、これがはじめてだった。クアゴン・ターモールの脳裏に、実験をはじめたときの記憶がよみがえってきた。かれは、いわずとも必要なものを運んできてくれるような、信頼できるヘルパーをつくるために実験を開始した。クアゴンの理想は非常に高かった。だがやがて、妥協なしでは人工生物の創造は不可能だと気づいた。現実は、理想にはほど遠かったのだ。

　クアゴンは高機能をそなえた機器をいくつも所有していたが、実験は失敗の連続だった。なぜなら、小型艇に保管されていた機器の多くが故障し、修理しなければならなかったからだ。しかも、すべてを修理することは不可能だった。結果的に、実験はなんども中断されて、遺伝子操作は部分的にしか成功しなかった。

　苦悩と孤独に満ちた長い年月のあと、クアゴンは自分を創造主だと見なすようになっていた。たとえば、身長一・五メートルの、歩く柱のような生物の遺伝子にホタルのそれを挿入したことがあった。柱の上部に発光体を付与し、かれがどこにいても光で照らしてくれるような生物をつくろうとしたのだ。しかし、満足のいく結果にはならず、最終的には実験の方向性を変えざるをえなかった。

　とはいえ、失敗はくりかえしたが、クアゴンに反抗した人工生物は一匹もいなかった。どの生物もみな従順で、無条件にしたがった。

　けれども、ベラだけはちがった。そのトカゲには独立心が芽生えはじめていた。おそらく、もう無条件に頭を下げたくはないのだろう。

　クアゴン・ターモールは、ベラを観察し、再度命令に背くような素振りを見せれば即座に処分することに決めた。

ただでさえ苦しい状況にあるのに、自分がつくったトカゲにまで悩まされるわけにはいかない。

以前と同様、クアゴンの目標は宇宙船を掠奪し、この惑星から脱出することだった。だが、目標にはまだ一歩も近づいていない。それどころか、目標達成の可能性は以前よりも低くなっていた。

かれはこの苦境を、自分のラボのすぐそばで正体を明かさずに生活し、活動していた謎の存在のせいにした。

〈結局、見知らぬ者同士がわかりあうことはない〉クアゴンは思った。〈相互理解などありえない。それが自然の摂理というものだ〉

そこで、自分の考えに違和感をおぼえた。〝自然〟という言葉を使ったのはあまりにも軽率だった気がした。自然とはいったいなんなのか。どこに境界線があるのか。自分がおこなってきた実験も自然に属するのか。それとも、自然とは相いれない〝異質なもの〟に属するのか。

〈なんてバカなことを考えているんだ〉クアゴンは自分を叱った。〈わたしが自然の一部なのだから、わたしがすることはすべて自然に属している。異質なものに属してなどいない！〉

そのとき、ベラが雨と暗闇のなかから姿をあらわした。

〈ご主人さま、わたしはあなたに従順です。あなたを裏切ったり、危害をくわえたりするようなことはいたしません〉

　クアゴンは驚いた。

　かれは自分の考えを自分の胸にだけしまっておこうとしたが、うまくいかなかったようだ。ベラにはすべてお見通しだった。クアゴンの考えを聞いて、すべてを理解していた。

　降りしきる雨のなかで、クアゴン・ターモールは一瞬ひるんだ。すぐそばで落雷があったことにも気づかなかった。ベラに殺されると思ったからだ。エネルギー・ブラスターを捨てていなければ、いまごろ双頭のトカゲを撃っていただろう。

〈その必要はありません〉ベラの思考がとどいた。〈脅しているわけではありません。あなたからはなれるつもりも、あなたに逆らうつもりもありません。あなたはわたしの主人であり、わたしはあなたの奴隷です。そのことはけっして忘れません〉

　クアゴン・ターモールは、ベラの忠誠の誓いを無視して逃げだした。

〈わたしはあやまちをおかした〉かれは自分の非を認めた。〈宇宙船の建造だけに集中せずに、遺伝子実験に何年も力を注いでしまった。つまり、いちばん大事な仕事から目をそらしてきたのだ〉

そのとき、グリーンの球体が自分のほうに転がってきた。気づいたときには目の前まできていて、かわすのは不可能だった。球体の表面に雨が降りそそぎ、多くの割れ目や隙間から煙が立ちあがっている。内部では火が燃えているはずなのに、炎は見えなかった。

強烈な衝撃とともにクアゴンは地面にたたきつけられた。からだの一部が球体の下敷きになって、強く押しつけられる。かれは叫びながら、必死に抵抗し、球体を弾《はじ》き飛ばそうとした。必死だったせいで、ベラが球体に飛びつき、球体の表面に歯を食いこませているのに気づかなかった。

さいわい、球体はどこかに転がっていった。音を立て、煙をあげながら、雨のなかに消えていく。しかし、そのとき、雲の上から、煌々《こうこう》と光る稲妻が地上めがけて走った。クアゴンはそれが球体に命中し、爆発するのを見た。球体からグリーンの液体が滝のように流れでる。すぐにあたりは暗くなり、雨音だけが響きわたった。

〈ケガはないですか?〉ベラが聞いた。〈起きられますか? 手を貸しましょうか?〉

クアゴン・ターモールは慎重にからだを起こした。はげしい痛みが走り、からだの一部が折れたと感じた。しかし、すこし歩くと痛みは治まり、気分もよくなった。

〈大丈夫だ。なんともない。ただ驚いただけだ〉

〈謎の存在は消滅しました〉ベラが勝ちほこったようにいった。〈もう、わたしたちを

悩ませることもなければ、ラボに忍びこむこともありません〉

しばらくして、クアゴンはなにが起こったのかを理解した。ベラのいうとおりだった。山の割れ目からあらわれた球体を確認するために、ベラとともに洞窟を出たのだ。そしていま、その球体は消滅した。危険は去ったといってよかった。

しかし、クアゴン・ターモールは、自分のラボのすぐ隣りに、謎の存在が暮らしていた事実をかんたんに忘れるわけにはいかなかった。その場所はどうしても確認しておきたい。

〈なぜ、不要な危険をおかすのですか?〉ベラはたずねた。〈球体は消滅しました。それだけでもう充分じゃありませんか。問題は解決したのです〉

しかし、クアゴンは双頭のトカゲの意見に同意しなかった。

〈そこになにがあるのか絶対に見てやる。とめないでくれ〉

そしてベラに背を向けた。そのせいで、トカゲが飛びかかる体勢をとり、光る目でにらんでいることに気づかなかった。

*

緑も大気もない惑星ヘラⅢでは、調査がつづけられていた。着陸艇からそう遠くない場所で、ウィル・キンストンはトランスフォーム砲の設置をしていた。カーウェン・セイはその手伝いをしていたが、いつものように気持ちだけが先走っていた。作業の進行は遅すぎるように見えた。カーウェンはやきもきしながら、岩山からのぼってくる朝日に目をやりつづけていた。

　トランスフォーム砲をヘラⅢの極端な温度変化から守るために、ふたりは片側がひらいた洞窟をその設置場所に選んだ。惑星の表面温度は日中は百九十度まであがり、夜間はマイナス二百十度まで下がる。トランスフォーム砲は日光から守られているためいつ設置しても問題はないが、空の明るさを見れば、予定時間をオーヴァしていることは明らかだった。

　先のばしにはできない実験があるため、カーウェンはできるかぎり早く着陸艇にもどりたかった。

「もっと早くできないの？」

「できない」ウィル・キンストンは答え、作業の手をとめてカーウェンを見る。「見ろよ。ここまで古い型のトランスフォーム砲は廃棄されてもおかしくない。それを……」

「説明はいらないわ」カーウェンがさえぎった。

「きみが訊いたんだろ」

「訊かなきゃよかったわね。まだここで手伝いをしなきゃいけないの？　やることがたくさんあるの。大砲を設置するために、この惑星にきたわけじゃないわ」

「そんなこといっても無理なものは無理だ」キンストンはそう答え、これ以上ないほどの正確さで、ゆっくりと作業をつづけた。「きみはわたしの手伝いをすることに同意した。だからそうするんだ」

「変更はなし、ってわけね！　でも、いつ設置は終了するの？　いつトランスフォーム砲は使えるようになるの？」

「五時間後」キンストンはきっぱりといった。「このあいだにも、ワラビーは検知されつづけている。五時間後にまたワラビーがあらわれたら、そのときがトランスフォーム砲を使うときだ」

「もしあらわれなかったら？」

「待つんだ」

「そのあいだに、クロノパルス壁を撃ちはじめることもできるわね」

キンストンはかぶりを振って彼女を見た。

「きみは、なんでそんなにせっかちなんだ？　エイドレ・ダール船長から送られてくる観測結果を待たねばならないことを忘れたのか？　飛び地の閉鎖が確実になった段階で、トランスフォーム砲を使用していいのか、そもそもそれが飛び地に影響をあたえる可能性があるのかを再確認する必要がある」

カーウェン・セイは大きなため息をついた。

ウィル・キンストンは慎重になりすぎていた。けれどもこの先、かれらが危険をおかさなければならないことは明らかだ。予期しない出来ごとにより、計画を変更せざるをえなくなる可能性は高い。覚悟がなければ、そもそもこんな計画など立てなかったのだから、当然といえば当然だった。

カーウェンの防護服に搭載されたシントロニクスが新情報を伝えた。クトル・ロボットの部品があらたに見つかったが、ロボット自体はまだ発見されていないという。

*

「外で、いったいなにが起こっているんだ？」アトランはまだヘラIにある《ラクリマルム》の搭載艇のなかにいた。そして、艇内のシントロニクスが得た一連の情報が表示されているスクリーンに目をやった。そこには、搭載艇の周辺を移動する動植物の温度のちがい、稲妻のエネルギー量、複数の観測装置の分析結果など、さまざまな情報が表示されている。ところが、シントロニクスによると、それらの結果は外部環境と多くの木の実が放つ固有の放射線の影響により正確ではない可能性が高いという。

「それに関してはもっと知りたいですね」管制室にいた男のひとりがいった。かれは苦行僧のような顔つきの科学者で、縮れた真っ赤な髪をしていた。「われわれのなかでエネルギー・ブラスターを艇外に放置した者はいないはずです」

アトランはうなずいた。

「そのとおりだ。つまり、いつか接触しなければならない存在が艇外にいるということだ」

「どうするおつもりですか？」赤毛の科学者がたずねた。

「外に出る」アトランは薄手の防護服に袖をとおしはじめた。「ここに知的生命体がいるなら、わたしがそれを見つける」

アトランがエアロックをとおって搭載艇から出ると、外はどしゃぶりの雨だった。

「エネルギー・ブラスターがあるところまで案内してくれ」かれはシントロニクスに命じた。「自分の目でそれをたしかめたい」

「エネルギー・ブラスターらしきものが確認できました」シントロニクスはいった。

「データがたりないので、確定はできません」

「それはわかっている」アトランはシントロニクスのまわりくどい説明をはねのけた。

かれは反重力装置を使わずに、軽くジャンプしながら前進することにした。ヘラＩの重力は搭載艇内の半分ほどしかなかったからだ。

シントロニクスの道案内にしたがって進むと、しばらくして、泥のなかに転がっているエネルギー・ブラスターが見つかった。アトランはそれを手にとって見た。

「見つけたぞ」搭載艇の乗員にそう報告する。「セラミック製の装置だ。だが、われわれのような手をもつ存在が握って操作するためにつくられたものではない。もちかえって調べる」

「放置したのが、だれかわかるか?」アトランは周囲を確認しながらシントロニクスに訊ねた。視界が悪い。すこし明るくなり、雨脚は以前にくらべて弱くなっていたが、それでも百メートル先までしか見えない。近くに木や藪があったが、よってはこなかった。

「あくまで推測ですが」シントロニクスは答えた。「武器が捨てられたときにここにいたのはアーチ形の存在であると思われます。その生物は、ここから北東へ二キロはなれたところにいます」

「北東にはいくつかの岩がある」アトランはつぶやいた。「ちいさな丘も。それ以外はなにもない」

「そこがその生物が向かっている場所のようです。トカゲもいっしょにいます。頭がふたつついています」

「なにかあるな」アトランは速度をあげるために反重力装置のスイッチを入れた。そして、数メートル上昇し、北東へ飛んだ。アーチ形の生物とトカゲはすぐに見つかった。振りむいたトカゲはアトランに気づくと、地面の割れ目に逃げこんだ。

アトランは警戒しながらアーチ形の生物を見た。けれども、それは生物ではなく、風化した岩のようだった。

「まったく動かない」アトランはいった。「まるで、何年も前からここに立っているみたいだ」

「いいえ、さっきまで動いていました」シントロニクスはいいかえした。

アトランは不動の存在のまわりをゆっくりと一周した。そして、シントロニクスの言葉を疑いはじめた。アーチの下の部分には植物が生いしげっている。それらはこの数分のあいだに成長したようには見えなかった。また、表面の割れ目には地衣類がしっかりと根づいていた。

その生物が生きている証拠を見つけようとしても、無理だった。手足も目もなく、防護服に搭載された計測器も、その内部の生物学的プロセスを検知しなかった。

それでもアトランはアーチ形の生物とコンタクトをとろうとした。不死者の男は数千年のあいだに学んだことをすべてためすことにした。

＊

数百年ものあいだ、クアゴン・ターモールはこのときを待ちのぞんでいた。自分以外の知的生命体に出あい、会話することをなんど夢みたことだろう！

クアゴンは目の前に立っているギャラクティカーを見た。自分よりずっと背は低かったが、それを気にしたり、そのせいで相手を見くだしたりするつもりはなかった。クアゴンは、相手が防護服を着ていることをすぐに見ぬいた。

「話をしよう」ギャラクティカーはいった。クアゴン・ターモールはなんなくその言葉を理解した。明瞭ではないが、相手の思考の一部をキャッチすることができた。言語に対する直観力は昔からすぐれていた。

クアゴンは返事をしようとした。

だが、冷や汗しかでない。口が動かないのだ。声ひとつ出せない！

必死に言葉を出そうとしたが、舌がいうことをきかない。口を開くことさえできなかった。クアゴンは、ずっと前に医学実験でテレパシー能力を開花させたさいに、許しがたいまちがいをおかしたことに気づいた。

何百年も話をする必要がなかったために、声の出しかたを忘れてしまったのだ！

クアゴンはテレパシーで相手の考えを理解できるが、相手はこちらの考えを受けとることができない。

クアゴンはパニックにおちいった。ジェスチャーでギャラクティカーに、コミュニケーションをとる意志があることを伝えたかったが、動くことができなかった。からだが硬直し、直立していられることが奇蹟のように思えた。全身の力を振りしぼって、かすかなうめき声をあげてみたが、ギャラクティカーにはそれが聞こえなかった。なぜなら、雷が絶えず落ちて、雷鳴がその声をかき消してしまったからだ。

ギャラクティカーはクアゴンのまわりをなんども歩きまわった。けれども、しばらくするとあきらめて、宙を舞い、雨のなかへと消えていった。

クアゴン・ターモールは、棍棒で打たれたような衝撃を受けた。そして、自分はこれまでずっと、自分と同等な知的生命体と会話することだけを望んできたのだと気づいた。ラボでつくりあげた生物は、そのかわりにはならなかったから。

ここから逃げるためには、なんとしても宇宙船を奪わなければ。クアゴンはそう自分にいい聞かせてきた。しかし、本心では、異人との遭遇を恐れていたのだ。こうした問題に直面することを本能的に感じていたからかもしれない。異人と接触する準備をするかわりに、問題から逃げてばかりいた。

そしていま、すべては終わったように見えた。

7

「兵器を操作できるほど知性の高い生命体がいるはずだ」防護服を脱ぐと、アトランがいった。「だが、それはあのグレイのアーチじゃない。あれはたんなる石の門だ。門に話しかけることがばからしくなった」

管制室に集まった男たちはほほ笑んだ。だれかが口を開く前に、エイドレ・ダール船長から連絡が入った。

「いい知らせがあります」《ラクリマルム》の船長はいった。「飛び地がおちつきをとりもどし、開口部の変化がストップしました」

「すばらしい」アトランはよろこんだ。

「そこで、ウィル・キンストンからひとつ申し出があります。トランスフォーム砲をいつ発射すべきか知りたいとのことです」

「もう待つ必要はない。ワラビーがあらわれたらすぐに発射するように伝えてくれ。そうすれば一石二鳥だ」

「伝えておきます」船長は即答すると、通信スイッチを切った。

「船長はウィル・キンストンにゴーサインを出せることをよろこんでいるようだ」赤毛の科学者が笑みをうかべていった。「船長もかれには手こずっているらしい」

「手こずらせているのは、キンストンじゃない」アトランが口をはさんだ。「せっかちなカーウェンに急かされているだけだろう。いつ発射できるのか。しつこく訊かれているにちがいない」

*

クアゴン・ターモールは絶望のふちにいた。ぼんやりしたまま、雨のなかをさまよい、
近くで雷が落ちても驚かなかった。まるで気づいていないかのようだった。
なにをすべきかわからなかった。
ただ、かれの心はひとつの考えだけに、とらわれていた。

この惑星から脱出することはもはや不可能。死ぬまでここにいなくてはならない。孤独から逃れる方法はもうない。

〈通信機です！〉クアゴンの頭のなかで声が響いた。それは強く訴えかけるようなベラの声だった。〈あなたには通信機があります。それを利用すれば相手に自分の存在をわからせることができます〉

その考えはクアゴンにとって衝撃的だった。双頭のトカゲは正しかった。いまやるべきことは、再度ギャラクティカーとの接触を試みることだ。かれらの宇宙船のなかのスクリーンに自分の姿をうつしだすことができれば、ふたたび注目してもらえるかもしれない。

クアゴンは悶々として、うなり声をあげた。そして、自分だけでなく、実験室で育てた生物にもテレパシー能力を付与することに成功したとき、どんなに誇らしかったかを、思いだした。そのときは、理想的なコミュニケーション手段を発見したと自負していた。テレパシーを使ったコミュニケーションのなかでは誤解も欺瞞《ぎまん》もありえない。そう信じたからこそ、何百年も孤独に耐えつづけることができたのだ。けれどもいま、それがまちがいだったことに気づいた。テレパシーは、相手がその能力を有していなければ、なんの役にも立たない。それだけではない！　テレパシーを使ったコミュニケーションのなかでも、嘘や欺瞞や誤解は生じるのだ。

そうこうしているうちに、岩壁の割れ目の前にたどりつき、クアゴン・ターモールは立ちどまった。

〈ここがあの球体が出てきた場所だ！〉その思いを、クアゴンは声にだそうと試みたが、やはり無理だった。依然として口は意志にしたがわなかった。その口はもう二度と開かないかもしれなかった。

クアゴンはどうするか決めかねていた。通信機をオンにして、異人に自分の存在を知らせるか。それとも、真っ暗な岩の割れ目をとおりぬけて、謎の球体が出てきた洞窟に侵入するか。

〈もう終わったことです。洞窟になんの用があるんですか？　球体は消滅しました。もうあなたには関係がありません。異人にあなたの存在を知らせるべきです。通信機をオンにして、かれらのスクリーンにあなたの姿をうつしだし、注意を引くのです〉

双頭のトカゲは、ギャラクティカーとの接触を試みるよう、説得しようとしていた。それに気づいたとき、クアゴンはすでに岩の割れ目からはなれて、ラボに向かおうとしていた。

もしかすると、ベラは異人たちとコンタクトをとるよう説得したかったわけではなく、わたしが洞窟に入るのを阻止したかったのかもしれない。

疑念をいだいたクアゴンは立ちどまった。

思いちがいだろうか？　それとも、本当に双頭のトカゲがわたしを操ろうとしているのか？

クアゴンは岩の割れ目にもどることを決めると、踵をかえして歩きはじめた。すると、割れ目のなかの闇が突然、象徴的な意味をもつようになった。わたしは長年、どの方向へ進むべきかもわからずに、闇のなかを手探りで進んできたのではなかったか？　ベラの本心はまだ闇のなかにかくされているのではないか？

目の前に、ベラがしずかにあらわれた。

〈あなたへの忠誠心がわたしの本心です。あなたがわたしをつくってくださったのです。あなたはわたしの主人です。なにがあろうとも、わたしはあなたに仕えます〉

クアゴン・ターモールはいぶかしげにトカゲを見た。ベラを信じることはもうできなかった。クアゴンはこれまでずっと、彼女の知性を過小評価していたのかもしれない。

突如、巨大な岩壁が開いて、照明でこうこうと照らされた大きなホールがあらわれた。その中心にはブロック形の機械がそびえ立っていた。

クアゴン・ターモールは驚いて立ちどまった。

〈これはなんでしょう？〉双頭のトカゲは驚いたようすを見せたが、クアゴンはそれが嘘だと感じた。ベラはこの施設をずっと前から知っていたのだ。かれにはその確信があった。

クアゴン・ターモールはこの惑星にきて以来、自分以外の知的生命体に出あう日がおとずれることを望んできた。けれども、この機械の大きさとパワーがその望みを打ち消した。

ホールのなかでは、複数の自動掃除機が絶え間なく清掃をおこなっていた。そのおかげで、すべてが清潔で輝いている。いっぽう、ブロック形の機械と周辺機器は非常に古いものであることが見てとれた。

　クアゴン・ターモールはゆっくりとホールに入った。そして、薄明るいエネルギー・フィールドにおおわれたコンテナのなかを見ると足をとめた。そこには人骨がならんでいた。

〈この骨はこの施設の建設者たちのものにちがいありません。眠りについて、そのまま息を引きとったのでしょう〉ベラはいった。〈でも、機械は仕事をつづけたのです。おそらく何百年ものあいだ〉

〈わたしがこの惑星にきたときよりもずっと前に、これらの機械はつくられたにちがいない。そして、わたしに気づかれることなく、ずっとここで働きつづけた。でも、いったいなんのために？　ここで、なにをしているんだ？〉

〈頭のいいあなたが知らないのなら、わたしにわかるはずがありません〉

〈でも、きみはなんどもここにきて、すべてを観察してきたはずだ〉

〈なんどもきたわけではありません。たった三、四回です〉

　みずから嘘をばらしてしまったことに気づいたトカゲは、ハッとして立ちどまった。そして、身をかがめると、主人からおそるおそるはなれた。クアゴンは感情をおさえきれなくなった。ここ数日のあいだに、身のまわりではあまりにも多くのことが起こった。数百年も孤独だったクアゴンの前にギャラクティカーがあらわれた。植物に襲われて傷を負った。ラボではギャラクティカーの頭部と胴体を発見した。それをやったのは、長いあいだクアゴンの近くで身をひそめていた謎の存在だった。べつのギャラクティカーとはコミュニケーションがうまくとれなかった。そしていま、もっとも信頼している生物から裏切られたことを知ったのだ。長いあいだ、自分がこの惑星の支配者だと確信していた。それなのに、双頭のトカゲに裏切られただけでなく、操られてもいたのだ。ベラは背後から糸を引き、思いどおりにクアゴンを動かそうとしていた。

クアゴン・ターモールはわれを失い、激怒した。この双頭のトカゲをつくり出したのは自分だ。自分よりも能力が劣っているベラが、許可なしになにかをくわだてるとは思いもしなかった。クアゴンはトカゲに突進し、つかみかかろうとしたが、彼女はうなりながらそれをかわした。

その瞬間、クアゴン・ターモールは重大な事実に気づいた。かれは自分が思っていたよりもずっと大きな思いちがいをしていたのだ！ラボで実験していたのは、あの謎の球体ではなかった。それはありえなかった。なぜなら、あの球体はラボに入るには大きすぎたからだ。

そうなると、だれがギャラクティカーの実験をしたのかは明らかだった。

ベラ！

クアゴン・ターモールは恐れおののいた。どんな手段を使ってトカゲがギャラクティカーを誘拐し、ラボに連れてきたのだろう。おそらく、このホールにある機械のひとつを利用したのだろう。けれども、クアゴンは、ベラが使った手段ではなく、彼女が自分の知恵をかりることなく、ことを起こしたという事実に驚愕していた。

〈おまえの目的はなんなんだ？　なにをたくらんでいるんだ？　なぜあんなことをした？〉クアゴンはホールのなかでトカゲを追いかけながら、テレパシーでどなりつけた。〈答えろ！〉

双頭のトカゲはパニックおちいって逃げだした。なんども出口に向かおうとしたが、そのたびにクアゴンに道をさえぎられた。

〈あなたのようになりたかったのです〉ようやくベラが答えた。〈わたしもあなたと同じくらいかしこいことを証明したかったのです。わたしたちをサポートしてくれる新しい生物をつくろうとしましたが、うまくいきませんでした。ギャラクティカーは死んでしまいました〉

クアゴン・ターモールは、それが嘘だとわかった。そして、自分はトカゲの真の動機を見やぶることができる、と信じた。ベラはクアゴンの能力を超えるためのなにかを計画していた。かれに仕えるのではなく、命令する存在になることを望んでいた。だから、この施設を発見したことを秘密にしていたのだ。ギャラクティカーを誘拐して実験したのもそのためだった。もし実験が成功していたら、両者のあいだに戦いが勃発していただろう。

　クアゴンの考えを読みとったベラは、すべてを見ぬかれてしまった以上、この主従関係はつづけられないことを悟った。

〈おまえはばかでおろか者だ〉ベラはクアゴンをなじった。〈おまえは自分がわたしよりもかしこいと信じてきた。でも、それは事実ではない。ずっと前から、わたしはこの施設があることを知っていた。あの球体ともよく話をしていた。あれは人工的につくられた存在で、半分は有機物、半分は機械だった。六百年以上前は飛び地をつくるために働いていた。みずからをつくりだした主人のために銀河への道を開くはずだった。しかし、それはうまくいかず、主人は若くして死んだ〉

〈飛び地だって？　それはどこの飛び地だ？〉とりみだしたクアゴン・ターモールは訊ねた。

　それを聞いた双頭のトカゲは鼻で笑った。

〈おまえはそんなことも知らないのか。何百年もここで生きてきたのに、ここが飛び地であることにすら気づいていなかった。そんな間ぬけな存在がわたしに命令などできるわけがない！〉

　一瞬、ベラは油断した。クアゴンはその機会を逃さなかった。トカゲをつかんで引っぱりあげると、ホールの中央にあるブロック形の機械に投げつけた。双頭のトカゲは悲鳴をあげて飛んでいき、ケーブルと細いパイプがからみあった機械の上に着地した。真っ白な炎に焼かれて、恐ろしいうめき声をあげた。死のまぎわには七転八倒し、パイプを砕き、ケーブルを裂いた。それらは数百年ものあいだに腐食し、もろくなっていた。

　さまざまな色の照明がブロック形の機械を照らし、どこかでサイレンが鳴りはじめた。周辺機器から火花が散り、壁の隙間から柱形のロボットがあらわれた。ロボットたちはふらつきながらブロック形の機械に向かって進んだが、途中で故障してストップした。そして、立ちどまったままバランスを崩すと、床に崩れおちた。横たわったロボットは微動だにしなかった。

　そのとき、クアゴン・ターモールの頭上に小型のマシンがあらわれた。それは耳をつんざく音とともに落下し、ブロックの中心部に激突した。金属板が砕けちり、ブロックの内部からあやうい音が聞こえはじめた。

　安全な場所に避難しなくては。そうクアゴンは瞬時に思った。機械が爆発して、周辺にあるものすべてが破壊される恐れがあったからだ。

　クアゴンは急いでホールを出た。岩壁がふたたび閉じたところで、ようやく安堵のため息をついた。

*

「トランスフォーム砲を発射しました」カーウェン・セイがいった。そこで、いったん気持ちをおちつけると、スクリーンにうつっているアトランを見た。「三隻のワラビー宇宙船を発見しました。砲弾はクロノパルス・ウォール沿いを飛行中のワラビーの目の前で爆発しましたが、宇宙船は壁のなかに消え、先ほどまた壁のなかから出てきました」

「つまり、トランスフォーム砲にはいっさい反応しなかったということか」アトランがいった。

「そうです」カーウェン・セイがいった。「相手は爆発すら検知しなかったように見えます」

「《ラクリマルム》がワラビーも爆発も検知したのに、相手は知らん顔か」アトランはつぶやいた。「そのうちに、ワラビーはふたたび飛び地をはなれてしまった」

「サー」搭載艇に乗っていた科学者のひとりがアトランを呼んだ。「これを見てください」

科学者はモニターのひとつを指さした。

「あなたが会話を試みた存在です」シントロニクスが説明した。「現在、その生物はここから二十キロメートルはなれた場所にいます。高速で岩に沿って移動しています」

「逃げているようにも見えますね」赤毛の科学者がいった。

「エネルギー放出を確認」シントロニクスがいった。「その生物が逃避中であることはたしかです」

モニターのひとつを見ると、シントロニクスの言葉の意味が明確になった。不規則な黄色い線にかこまれた赤い場所が急速に拡大しているのが見てとれた。

「これまで完全に遮断されていたエネルギー・ポテンシャルが急速に上昇しています」シントロニクスは報告をつづけた。「もうすぐ爆発します。エネルギー解放」

突然、雨がやんで外が明るくなった。主スクリーンに、シントロニクスがとらえた丘陵地帯がうつしだされた。空に向かって炎が噴きだすと、その直後に搭載艇がはげしく揺れた。

エイドレ・ダール船長の大きな顔がスクリーンにうつしだされた。

「明らかな変化が見られます」船長は動揺してかん高い声でいった。「飛び地の出口が縮小しています。開口部の直径は五・三光時から四・六光時に縮小。もしかすると、これはトランスフォーム砲の発射に対する反応かもしれません」

「あるいは、丘にかくれていた物が爆発したせいかもしれない」赤毛の科学者がつぶやいた。

*

「さあ、これからどうするの？」カーウェン・セイはヘラⅠとの通話をおえるといった。

ウィル・キンストンはあきれ顔でかぶりを振った。そして、ていねいに白髪をかきあげた。

「時間はたっぷりある。すこしずつ考えていけばいい。なぜ、そんなに焦《あせ》るんだ？」

カーウェンは声を荒らげた。

「あなたの冷静さが、わたしをイライラさせるの。事件が起こるのをじっと待つのはいや。前向きで、具体的な結果が早くほしいの」

「新データあり」艇のシントロニクスが反応した。「セクター・レッド／3に多数の探知結果」

「ほら、きたぞ」キンストンは嘲笑した。「事件が起こったようだ」

キンストンはほとんど動揺していなかった。危険が迫っているとは思えないようだった。

カーウェン・セイはすぐに立ちあがると、探知結果を表示しているスクリーンに駆けよった。画面上の赤い部分に何百もの光が表示されている。

「これはなに？」カーウェンは急かすように質問した。「すぐに教えて！」

探知システムはヘラⅢのふたつの峡谷がV字形に重なりあったエリアの画像をうつしだした。

ウィル・キンストンがカーウェンに近づいてきた。こんどは、かれも動揺している。

ふたつの大きなシリンダー形の物体が渓谷から浮かびあがってくるのが見えた。

「宇宙船」キンストンはつぶやいた。

「ワラビーと同じ型の宇宙船です」シントロニクスが説明した。「そのほかの物体はロボットのようです」

「すぐに探査機を出動させて。ロボットの種類を正確に知りたいの」カーウェンが命じた。

「カルタン人が創造したロボットかもしれない」キンストンが慎重に意見をいった。

「それなら破片の調査結果も説明できる」

「これをアトランと《ラクリマルム》に報告して。アトランに、トランスフォーム砲はロボットと宇宙船を刺激したようだと伝えるのよ」カーウェンが叫んだ。

「まあ、そう急ぐな」キンストンが感情をおさえながらいった。「現時点では、その証拠はひとつもない。トランスフォーム砲との関連性をまず調べないと」

カーウェンは激怒した。「そんなことやっている場合じゃないわ。いま重要なのは、宇宙船とロボットが出現したことを報告すること。ほかのことはあとまわしよ」

突然、二隻の宇宙船が急速に上昇した。シントロニクスは、それらが惑星を去ろうとしていると告げたが、向かっている先は飛び地の出口ではなかった。

「防御バリアを張って」カーウェンは叫んだ。

「張りました」シントロニクスが即答するやいなや、着陸艇は両方の宇宙船の砲撃を受けてはげしく揺れた。二発のミサイル弾はバリアのなかで爆発し、着陸艇の真上で火が燃えひろがった。

「反撃しないで」カーウェン・セイはシントロニクスに指示をあたえた。バリアが破壊されないことを信じてはいたが、管制室にいたほかの乗員と同じようにおびえていた。

「宇宙船が去るようなら、そのまま去らせて」

宇宙船は急速に速度をあげてヘラⅢを去ると、クロノパルス壁へ向かった。

「ひとつだけわかったわ」カーウェンはそういうと、安堵のため息をついて、シートに深く腰かけた。「あれはカルタン人がつくったクトル宇宙船よ」

「そして、この惑星には、宇宙船とロボットがかくされていた惑星地下施設がある」ウィル・キンストンがつけくわえた。

カーウェンはかぶりを振りながらキンストンを見た。そして、いたずらっぽく笑った。

「なぜ、そんなに結論を急ぐの？　いまのところ、わたしたちが知っているのは、宇宙船が峡谷から出てきたということだけ。それ以外はなにも知らない。そこに施設があるという証拠はひとつもない。そんなにあせっちゃだめよ、ウィル」

ウィル・キンストンは顔を赤らめて、決まりが悪そうに髪をかきあげた。

カーウェン・セイは笑った。

「ロボットが接近しています」シントロニクスが告げた。「攻撃態勢に入ったもよう。防御策をとります」

カーウェンの顔から笑みが消えた。シントロニクスはつづけた。

「さらに七隻のクトル宇宙船が接近しています」そして、その数秒後にこういいかえた。

「訂正します。十二機です」

「もっと増えるかもしれない」カーウェン・セイはいった。

「なにが起こっても、もう驚かないさ」ウィル・キンストンはつぶやいた。

8

〈これ以上この惑星にとどまっていたくない〉クアゴン・ターモールは考えた。〈通信機を利用して、異人とコンタクトをとってみよう。これまでなおざりにしてきたことを、これからは徹頭徹尾やりぬくのだ〉

洞窟の入口は、藪に包囲されていた。クアゴンはふたたび木に襲われたが、洞窟に入るのを阻止されることはなかった。木々をなぎ倒すと、扉を開けたまま、急いで中央ラボに入った。扉を閉めないと、攻撃的な植物が洞窟に侵入して、すべてを破壊してしまう恐れがあったが、そんなことはもうどうでもよかった。この戦いは終わったのだ。

クアゴン・ターモールは戸棚からエネルギー・ブラスターをとりだし、安全装置を解除すると、人工生物の大半が仕事をしているラボに入った。生物たちは単純作業に追われ、決められた仕事をこなしていた。クアゴンはもうこの生物たちを必要としていない。もう無用だったが、自由にはさせたくなかった。なぜなら、みな、この惑星の自然には相いいれない生物だったからだ。

キノコ形の胴体を持つ四本脚の生物が、腕をあげて主人に挨拶をした。クアゴン・ターモールはブラスターを発射し、エネルギー・ビームでその生物を殺した。ほかの生物たちは悲鳴や怒りの声をあげながら、主人を見つめた。そこで、クアゴンはエネルギー・ビームを連射し、数百年もかけてこつこつとつくりあげてきた生物たちを焼きつくした。ラボが炎につつまれると、クアゴンは逃げた。暑さに耐えられなかったからだ。

クアゴン・ターモールは装甲ドアへとつづくせまい階段を急いでのぼった。ドアをくぐると大きな部屋があり、そこにシリンダー型の着陸艇が停まっていた。船尾にはふたつの駆動装置がとりつけられている。それを使ってクアゴンは、着陸艇を光速よりも速い速度で飛ばしたいと考えていたが、まだそれは実現していなかった。駆動装置は未完成だったのだ。いまのところ、宇宙船は光速以下の速度でしか飛行できない。しかし、それはクアゴンにとって重要ではなかった。なぜなら、ほかの惑星へ飛行するつもりはなかったからだ。ただ離陸し、ヘラ星系から脱出したかった。

〈ギャラクティカーはきっとわたしを発見する。観測をつづけ、わたしの正体に気づく。以前のようにかんたんに、対話をやめたりはしないだろう。かれらは辛抱強くなり、最終的にはわたしをほかの星系へと連れていってくれるにちがいない〉

クアゴン・ターモールはすばやく着陸艇のエアロックを開けると、管制室に入った。飛行準備には時間がかかった。まず、複数のシステムのスイッチを入れ、洞窟に見せかけた、建物の屋根を吹きとばさなくてはならなかった。屋根がなくなると、着陸艇に雨が降りそそいだ。

そのあいだに、クアゴンはトカゲがいっていた飛び地とはなんなのかを考えた。〈きっとベラは正気を失っていたのだ〉そう自分にいいきかせる。〈彼女は自分がなにをいっているのかわかっていなかった。ここが飛び地だなんて！　わたしよりかしこいと思いこんでいた生物のたわごとにすぎない！〉

クアゴン・ターモールは宇宙船のエンジンを始動した。わざとゆっくりと、パワーをあげた。ギャラクティカーに気づいてもらいたかったからだ。

そこで、探知装置のモニターを見たクアゴンは、思わず息をとめた。二隻の宇宙船がヘラⅢから離脱するところだった。いったどこからやってきたのか？　なぜ、いままで、気づかなかったのか？

クアゴンは恐怖のあまりうめき声をあげた。

探知装置は、さらに十二隻の宇宙船がヘラⅢから離脱したことをしめしていた。〈あの惑星に宇宙船があったなんて〉と心のなかでさけんだ。そして、ようやく理解した。クアゴンがヘラⅠに不時着したのは、運命がしくんだ残酷な罠だったのだ。もしかれが六百年前に第三惑星に着陸していたなら、そこにいくつもの宇宙船があることをすぐに発見していただろう。最初から失敗が運命づけられていた実験に参加する必要などなかったのだ。

〈長年、宇宙船は自力でつくれると信じてきたが、それは一度も成功しなかった。宇宙船の建造には高度な科学技術が必要で、そもそもわたしひとりではとうていつくれないものだったのだ！〉

クアゴンは自分でつくった補助エンジンのスイッチを入れて、さらに加速した。自分が整備した宇宙船の能力をギャラクティカーに見てもらいたかった。

すぐに、映像送信装置をオンにして、ギャラクティカーと交信しようかと考えたが、思いとどまった。

〈コンタクトはまだ早い。この船に乗っているのがだれなのか、まずはかれらに推測させてからのほうがいいだろう〉

悪魔的な歓喜とともに、クアゴンはギャラクティカーとの接触の準備をしていた。

〈赤い目をした白髪の異人は驚くにちがいない〉クアゴンは歓声をあげた。〈わたしが岩ではなく、思考し、感じる知的生命体であることを、あの男は知ることになるのだ〉

＊

着陸艇のなかで、サイレンが鳴りひびいた。

「被弾しました」スクリーンのひとつにうつしだされたカーウェン・セイが報告した。

「スタート直前に、エネルギー・ビームが防御バリアを貫通しました」

「新データあり。セクター・ブルー／2に探知結果。一隻の宇宙船がヘラⅠからスタートしました」シントロニクスが反応した。

「宇宙船？」アトランはたずねた。そして、その宇宙船が探知システムのモニターのひとつにうつしだされているのを見た。「いまはこの宇宙船に関わっている場合じゃない。われわれはヘラⅢに飛ぶ」

　シントロニクスは即座にその指示にしたがった。搭載艇をスタートさせ、第三惑星へのコースにのせた。

　搭載艇が惑星の大気圏から離脱すると、《ラクリマルム》の船長エイドレ・ダールから連絡が入った。船長は《ツナミ＝コルドバ》から新情報を入手していた。飛び地の外から壁の通路を監視している《ツナミ＝コルドバ》は、《ラクリマルム》と銀河系船団の中継基地としての役割もになっていた。

「壁の通路の直径が縮小しています」船長は報告した。「現在、直径は四光時。ラトバー・トスタンによると、通路は半時間ほど前に急激に縮小をはじめたということです」

「それは岩山での爆発が起こった時間と一致します」トスタンがいった。「通路の縮小と爆発は関係があるかもしれません」

　アトランは船内のシントロニクスの記録に目をやった。爆発はトランスフォーム砲を砲撃した時間とも一致していた。すくなくともこのふたつの出来ごとのどちらかが、飛び地とクロノパルス壁に影響をあたえたにちがいなかった。さらに、クトル・ロボットと宇宙船の活動の活発化も、その影響による可能性が高い。

探知システムのモニターのひとつに、アトラン一行と同時期にヘラⅠからスタートした宇宙船がうつっていた。それは飛び地の開口部に向かって飛行していたが、その縮小には気づいていないようだった。このままいけば、通路の端、つまりクロノパルス壁に衝突するにちがいない。

「エイドレ」アトランはいった。「一隻の宇宙船が飛び地をはなれようとしている。現在のコースを飛行しつづければ、飛び地からは離脱できるだろう。だが、船は危険な状態で壁の開口部に向かっている。乗員と連絡をとってくれないか」

「わかりました」船長は了解した。

十二分後、エイドレから宇宙船の乗員がコンタクトしないという報告がきた。

「返事がありません」船長はいった。

「つづけて、接触を試みてくれ」

「了解しました」彼女は素直に指示を受けいれた。「宇宙船の乗員はおそらく《ツナミ＝コルドバ》を発見し、それを避けるためにコースをすこし変えたのだと思います」

そういうと船長は通信スイッチを切った。アトランはヘラⅢへの着陸に専念した。その大気のない惑星から突如あらわれた多数の宇宙船は、すでに遠くはなれたところにいた。クロノパルス壁をめざして飛行し、そのうちの何隻かはもう壁のなかに入りこんでいた。数秒間、探知システムのスクリーンから消えたかと思うと、また壁のなかからあらわれた。

「クロノパルス壁と平行に飛行している」しばらくして、アトランがいった。「ワラビー船と同じだ。やみくもに壁に突入しては、壁から押しもどされているように見える」

「ヘラⅢにいる着陸艇が見えました」シントロニクスが報告した。「艇はロボットにかこまれています」

スクリーンには、ヘラⅢの着陸艇に接近する何千ものクトル・ロボットがうつしだされていた。それらは四方から、損傷した小型艇に近づいていた。しかし、攻撃はしなかった。船をとりかこむだけでどこか満足しているよう見えた。

「すこし心配しています」カーウェン・セイが本音を吐露した。「防御バリアを再構築してはみたものの、ロボットがどれくらい武装しているかわかりません。バリアを突破する方法を見つけだす可能性もあります」

「すぐ隣りに着陸するから待ってろ」アトランが返事した。「きみたちはこの艇に避難すればいい」

「なら安心です」カーウェンは答えた。「ですが、ここですべきことがまだふたつあります。まず、トランスフォーム砲を回収するか、破壊しなくてはなりません。それから、ロボットたちの出所と滞在目的を明らかにしなくては」

「そのとおりだ」慎重に搭載艇をヘラⅢに着陸させながら、アトランが同意した。

調査隊の着陸艇は惑星の昼側に停留し、日差しに照らされていた。クトル・ロボットは、岩陰にかくれていないかぎり、肉眼でも確認できた。

アトランの搭載艇が着陸をおえ、二台のシントロニクスが共同で防御バリアを構築すると、《ラクリマルム》からふたたび連絡がきた。

「最新の探知データを受けとりました」エイドレ・ダールはいった。船長は不安げな表情をしていた。「クロノパルス壁の変化をより迅速に、より正確に測定できる方法があればいいのですが……。爆弾を搭載したロボットを送りだし、壁のなかで爆破させるという方法も考えましたが、それは時間がかかるだけでなく、確実ではありません」

「それはわかっている」アトランが返事をした。「それで、いったいなにが起こったんだ？」

「開口部が縮小しつづけています。調査隊は一刻も早く飛び地から脱出すべきです。そうでないと、逃げ道がなくなってしまうかもしれません」船長が答えた。

「ここで、まだやることがあるんだ」

「時間はどれくらい必要ですか？」

「断言はできないが、たぶん数時間」

船長はかぶりを振った。

「のこされた時間はあとわずか。多くて一時間といったところです」

「随時、壁の状態を知らせてほしい。開口部の直径が一光時以下になったら、脱出する」

「それは非常に危険です」船長はいった。エイドレはどんな危険が待っているのかを説明しようとしたが、アトランがそれをさえぎった。

「わたしの決断は変わらない。危険がさし迫ったら、きみの助けが必要だ。《ラクリマルム》をヘラⅢの近くに移動させて、われわれをピックアップしてくれ」

そのとき、カーウェン・セイとウィル・キンストンがエアロックをとおって到着したばかりの搭載艇に乗りこんできた。クトル・ロボットはそのじゃまをしなかった。

「驚いたわ」防護服を脱いで管制室に入ったカーウェンがいった。「艇を乗りかえれば、攻撃されるかと思ったのに」

「ロボットのことをもうすこし調べる必要がありそうだ。まずは、いつからヘラⅢにいるのかを知りたい」アトランがいった。

「ロボットの年齢を特定するのは非常にむずかしい。発見された部品を調べましたが、現段階では、非常に古いということしかいえません」と、キンストン。

「七百年くらい？」カーウェンがたずねる。もっと情報を引き出そうと、慎重すぎるキンストンにこびるような視線を向けた。けれども、かれは詳細を語ろうとはしなかった。

「われわれが乗ってきた着陸艇はどうしますか？」キンストンはたずねた。「艇内にはまだ必要な機材がのこっています」

「可能なかぎり、持ってかえろう」アトランがいった。「捨てたいものはひとつもない。すべて貴重なものだ。数台のロボットを出動させた。すくなくとも飛行可能な状態になるまで着陸艇を修理するつもりだ。できることなら艇をまるごともってかえりたい」

ウィル・キンストンはうなずいた。アトランの説明を聞いて安心したからだ。そして、探知システムのモニターの前に移動した。

「特定のロボットを一体捕獲してはどうでしょう」キンストンが提案した。「ロボットの接近の仕方を記録し、その動きを統計的に分析しました。その結果、ひとつのロボット部隊がほかの部隊を指揮していることがわかりました」

「だから、どうなの？」カーウェン・セイが訊ねる。

「その部隊に属するロボットを捕獲して、そのポジトロン脳を調べるんだ。そうすれば、疑問の多くが明らかになるはず」

「すばらしい」アトランは褒《ほ》めた。「そのロボットを教えてくれ。捕獲しよう。そのあとに、峡谷に進入するための時間がどれくらいのこされているかたしかめる。どこかにクトル宇宙船がかくされていた巨大な施設があるはずだ。時間が許すかぎり、その施設も調査したい」

ウィル・キンストンがいった。「賛成です。ワラビー宇宙船のポジトロニクスはすでにクロノパルス壁の貫通が不可能であることを認識しているはず。それなのに、なぜワラビーはやみくもに壁に突入しつづけるのか。その施設を見つければ、その理由も明らかになるかもしれません」

しばらくして《ラクリマルム》からふたたび報告がきたが、だれも驚かなかった。

「通路がさらに縮小しました」船長が告げた。「直径は三光時以下になりました。つまり、調査隊にのこされた時間はごくわずか」

《シグヌス》に通路のすぐ側で待機するよう伝えてくれ」アトランが命じた。「われわれはロボットを捕獲しだい、迎えにきた《ラクリマルム》に乗りこむ」

「トランスフォーム砲はどうしますか？」カーウェン・セイがたずねた。

「われわれが艇の外に出ると同時に、爆破してくれ。その爆発でロボットの注意をそらすことができれば、行動しやすくなる」

アトランは四人の技術者とともに搭載艇の外に出た。全員セランを着ていたので、安心していた。ロボットからの攻撃はそれで防げると確信していたからだ。

とはいえ、キンストンが指定した部隊に属するロボットには慎重に近づいた。それは六本の脚に支えられたバナナの形をした機械だった。

「気をつけてください。いまから、トランスフォーム砲を爆破します」ヘルメットのスピーカーからカーウェン・セイの声が響いた。

その直後、遠方の岩陰から、空に向かって炎が噴出した。カーウェンはひかえめに歓喜の叫び声をあげた。

「やったわ！」そして、彼女はいった。「成功しました」

アトランとその仲間はそのすきにすばやく前進した。バナナ形ロボットを捕らえ、その腕と脚を分解ビームで切断した。

ロボットは抵抗しなかった。ほかのロボットに助けをもとめることもなく、あっさりと捕獲された。ロボットを搭載艇に乗せると、突然、ほかのクトル・ロボットがいっせいに退いた。そして、宇宙船が出現した峡谷へと消えていった。

「思ったよりかんたんだった」ロボットを科学者たちに引きわたし、安堵したアトランはいった。その間に搭載艇は離陸し、惑星を周回する軌道にのった。《ラクリマルム》は、ロボットによって最低限修理された着陸艇を確保し、牽引ビームを使ってひきあげた。

着陸艇の救出が一段落すると、カーウェン・セイはそれを《ラクリマルム》に近づけて、ドッキングさせた。

全員が船内にもどるやいなや、エイドレ・ダール船長がいった。

「もう時間です。飛び地の開口部の直径は一光時以下になりました。これ以上待つのは無理です」

「われわれも待つつもりはない」アトランがいった。「よし、飛び地をはなれよう」

ウィル・キンストンと話すために司令室を出ようとしたとき、アトランはヘラIからスタートした宇宙船のことを思いだした。

「あの宇宙船はいまどこにいる？」

「コースを変更しています」船長が答えた。「でも、壁の開口部がこのまま閉じつづければ、壁に衝突するでしょう！」

船長は上級船員たちにいくつか指示を出すと、アトランにふたたび声をかけた。

「あらゆる手をつくして、乗員とコンタクトをとろうとしました。でも、うまくいきませんでした。ほかになにができるのか。わたしにはわかりません」

＊

クアゴン・ターモールは絶望していた。ギャラクティカーとの交信を試みてからかなりの時間がたっていた。異人の顔が目の前のスクリーンにうつしだされている。しかし、かれらの声は聞こえても、設備が不足していたために、それを理解することはできなかった。

何百年ものあいだ、クアゴンは宇宙船の駆動装置の製造に専念してきた。そのせいで、そのほかのことをおろそかにしていた。たとえば、通信装置が故障していることに気づいたのはスタートしたあとだった。ギャラクティカーからのメッセージを受信することはできたが、応答することはできなかった。自動翻訳機も故障していた。長いあいだに部品が摩耗したのだ。スタートのさいに、強い振動が起こったため、装置の多くは機能しなくなっていた。

けれども、クアゴン・ターモールは通信機のひとつを修理し、ギャラクティカーのメッセージに応答したいと考えていた。

ナビゲーション・ポジトロニクスがコースを変えたのに気づいたが、もとにもどそうとは思わなかった。どこにいこうがかまわなかった。宇宙船の飛行速度は光速以下なので、ギャラクティカーとコンタクトをとり、かれらに合流するまでに、長距離を飛行することはそもそも無理だった。

*

驚きの結末が待っていた。エイドレ・ダール船長と《ラクリマルム》の上級船員たちは、ヘラIからスタートした宇宙船が、コースを変更したにもかかわらず、飛び地から離脱できると信じていた。最新の観測によると、飛び地の開口部の直径はまだ五十光分あったからだ。

しかし、そのあと、宇宙船はふたたびコースを変更し、数秒後にはクロノパルス壁に衝突した。宇宙船は爆発し、それによって《ラクリマルム》の乗員は、開口部の直径が三十光分以下にまで縮小したことを知った。

船長は震えながらアトランに宇宙船の爆発を報告した。

「あらゆる手をつくしました。われわれのメッセージに答えてくれてさえいれば！」船長は強調した。

「自分を責めるな」アトランはいった。「乗員はわれわれとの接触を望まなかったのかもしれない。正体は不明だが、その者に接触したいという意志があったなら、ヘラIからスタートする前に、われわれと対話することもできたはずだ」

アトランの推測は的外れだったが、クアゴンがそれに気づくことは二度となかった。クアゴン・ターモールの死から数分後、《ラクリマルム》と《シグヌス》は飛び地を離脱した。そしていま、司令室のモニターにラトバー・トスタンの姿がうつしだされていた。

アトランは驚いた。最後にかれを見てからそれほど時間はたっていなかったが、別人のように変わりはてていた。非常に調子が悪そうに見えた。

「あなたに提案があります」ラトバー・トスタンはいった。

「聞こう」アトランは答えた。

「飛び地という檻の扉は閉じつつあります。そのプロセスをとめることはできそうにありません。そこで、お願いがあります。わたしをヘラの窪地に閉じこめてください。ATGフィールドを使ってクロノパルス壁を内側から貫きたいのです。そうすれば、銀河系に進入する道が開けるかもしれません」

　アトランは答えた。「そんな計画は論外だ。聞かなかったことにする」

　ラトバー・トスタンは食いさがったが、計画は却下された。

　アトランはカーウェン・セイとともに司令室を出て、クトル・ロボットを調査しているウィル・キンストンひきいる科学者チームのもとへいった。

「進みぐあいはどうだ？」ラボに入ったとたん、アトランは訊ねた。研究者たちはバナナ形ロボットをほとんど分解し終わっていた。

「とりあえず進んでいます」ウィル・キンストンはひかえめに答えた。「役に立ちそうな発見がほんのすこしありました」

　アトランはほほ笑んだ。

「そんなに慎重にならなくていい」アトランがキンストンをはげました。「心配するな」

「でも、まだ決定的なことはわかっていません」と、キンストンがいった。

「それでもいいから、これまでにわかったことを話してくれ」

「じゃあ、話します。このクトル・ロボットは六百五十年前に銀河系にむりやり侵入しようとしたカルタン人がつくったものにちがいありません」

「つまり、クロノパルス壁は当時すでに存在したということ？」カーウェン・セイがたずねた。

「おそらく」ウィル・キンストンはすぐに答えた。「でも、科学的根拠はまだない」

「相いかわらず慎重なのね。それなら、壁は当時から存在したと仮定して話をすすめましょう」彼女はほほ笑んだ。

「飛び地はどうだ？　それも六百五十年前から存在したのだろうか？」アトランがたずねた。

「その証拠はありません」キンストンが断言した。「飛び地ができたのはもっと前かもしれないし、もっとあとかもしれません。本当にわからないのです。いまは推測することしかできません」

「いずれにせよ、クトル・ロボットは当時、狂気のバリアに突撃してダメージを受けた」アトランが話をまとめた。

「そう仮定するしかないと思います」カーウェン・セイが同意した。

「飛び地に閉じこめられた宇宙船も、ロボットも、電灯に飛びつく蛾のように壁に突撃しつづけた」

「しかし、かれらは徐々にそのやり方を改善していったという可能性もあります。クロノパルス壁に入りこむ距離を徐々に拡大していったのかもしれません。最近ワラビーで観察された現象はそうでした」ウィル・キンストンはいった。

「でも、なぜわたしたちは亡霊船を一隻しか発見しなかったのかしら？」カーウェン・セイがたずねた。

「惑星サトラングの亡霊船のことをいっているのか？」アトランがたずねた。

「そうです。その宇宙船のことです。なぜ、ここでは一隻しか発見されなかったのでしょうか？　なぜ何隻も飛行していないのですか？　そもそも、なぜそれがここでも発見されたのですか？　好奇心旺盛な者たちを罠に誘いこむためですか？」

「わからない」アトランも同じ気持ちだった。「わたしもその答えが知りたい」

「なぜクトル宇宙船はわたしたちを攻撃したのかしら。ウィル、説明してくれる？　あなたが大事にする科学的根拠なんかなくてもいいわ。推測でいいから教えて。それで充分よ」と、カーウェイ。

ウィル・キンストンはほほ笑んだ。

「またそうやってわたしをばかにする。クトル宇宙船については、クトル・ロボットの説明でクリアになったじゃないか」

「クリアになった？　それならなおさら、なぜ、その宇宙船がわたしたちを攻撃したのか知りたいの」カーウェンは驚いてウィルを見る。

「クロノパルス壁に絶え間なく突入したせいで、ダメージを受けたからさ」ウィルはそう説明すると、科学者チームが分解したバナナ形ロボットを指さした。「ロボットはもはや合理的に行動していない。効率の悪いことばかりしている」

「つまり、かれらの宇宙船のポジトロニクスがいかれちゃったから、わたしたちを攻撃した、ということ？」彼女はあきれ顔でたずねた。

「幼稚ないいかたはやめてくれ」キンストンが注意した。「でも、かんたんにいうと、そういうことさ」

最期の旅立ち

K・H・シェール

登場人物

アトラン……………………………銀河系船団最高指揮官代行。アルコン人
ラトバー・トスタン………………《ツナミ＝コルドバ》艦長
ムラク・トブロン・ハーン………同副艦長
ロドニナ・コスナトロワ…………同首席艦医。神経プシオン学者
ポージー・プース…………………同ココ判読者。スヴォーン人
シンタ・ラズロ……………………同チーフ・シントロニカー
ロンベ・マッシモ…………………同ハイパーディム物理学者
アダム・ピッテンブルク…………同ハイパー物理学者
ユーリ・カッチェンコ……………同乗員。特殊部隊〝自由狩人〟元隊員

1

「こんな状況で、アトランからヘラの窪地に入る許可を得たい、ですって？」シンタ・ラズロが驚き顔でたずねた。「信じられない！」

「嘘じゃないわ！」《ツナミ＝コルドバ》の医長である首席艦医のロドニナ・コスナトロワがいう。「重病をわずらっていても、かれは自分の意志をつらぬきたいのよ」

〝重病〟という言葉が心につきささる。シンタは最悪の事態が起こってしまったと感じた。

そして、隣室に横たわるテラナーから目をそらそうとしたが、できなかった。

〝スキッパー〟という古いテラナーの称号をもつツナミ艦の艦長ラトバー・トスタンは、以前にも増して死人のように見える。

「たしかに、重病ね」シンタはもの思いにふけりながら重病という言葉をくりかえした。

「これからどうなるの？　病気は具体的に〝どれくらい〟重いの？」

　シンタの視線は骸骨のような見た目の艦長に注《そそ》がれる。半裸にされたからだは医療物理学的エネルギー・フィールドからなるポジトロニクス・パターンでおおわれている。多色のホログラムに似たそのパターンは美しい芸術作品のようにも見えた。

　トスタンのからだは麻痺していた。シワだらけの唇は開き、口のなかが丸見えになっている。人工歯は艦内の医療チームによって除去されていた。

　シンタ・ラズロがようやく首席艦医に顔を向ける。彼女のグレイの髪は再活性化フィールドの光を反射している。

「非常に悪いとしかいえないわね」首席艦医は答えた。「トスタンのからだは何世紀も前に、薬物中毒の禁断症状の副作用でなかばミイラ化した。そのあと五百年以上、深層睡眠に入り、新時代に入ると、数々の試練や過酷なストレンジネス・ショックを乗りこえねばならなかった。そして、七百年の時間転移が生じ、損傷したからだはさらなるダメージを受けた」

　シンタにはその話が夢物語のように聞こえた。ふたたび治療室をのぞきこむ。

「病状が深刻なことは黙っておいたほうがいいかもね」首席艦医のロドニナがさりげなく提案する。「血栓をいくつかとりのぞいたわ。毛細血管内の脂肪にとぼしい、強固血栓については、三つのナノゾンデを使って溶解をつづけている。血液はもう血液とはいいがたい状態なの。通常の治療法ではどうにもならない。これが最終手段よ」ロドニナはそこで話をやめ、周囲を注意深く確認したあと「この話はまだ内緒にしておいて」と、念を押した。

チーフ・シントロニカーのシンタは通信機器に目をやる。それらは入口の左側の壁にとりつけられていた。

「内緒にするって、だれに？」と、シンタ。「乗員に？　病状が悪いことはみんな知っているわ。わたしがここに送りこまれた理由をだれも知らないとでも思っているの？　銀河ギャンブラーと呼ばれる男が、どれほど尊敬されているかは知っているわよね。その性格のことも。礼儀正しいけれど、他人が面食らってしまうほど本当のことをいう癖がある……」

ロドニナ・コスナトロワは笑ったが、心からの笑いではなさそうだ。

「だからこそ、健康状態を公表する権利はスキッパー本人にしかないの。乗員に、というよりは船団司令部に内緒にすべきだと思うわ」

それを聞いたシンタは、銀河系船団全体の心理状態について考えた。おそらく《ツナミ＝コルドバ》の乗員以外はいま、まったくべつのことで頭がいっぱいだ。かれらにとって接点がないテラナーの生存可能性などどうでもいいにちがいない。しかし、ツナミ艦の乗員にとってはそうではなかった。

シンタがふたたび治療室をのぞく。スキッパーは動かない。

「アトランがトスタンの病状を知ったら、《ツナミ＝コルドバ》の艦長を交代させるでしょうね」艦医はわざと淡々とした口調でいう。「わたしには守秘義務がある。この船の幹部のひとりとして、あなたはどうするつもり？」

シンタが頭のうしろで束ねた髪にさわる。やつれた顔は微動だにしない。

「《ツナミ＝コルドバ》はいま、ヘラの窪地エリアにいるアトランの調査隊とフェニックス＝1で待機している銀河系船団の部隊との中継基地になっている。つまり、メッセージを中継したり、その逆をしたりする以外にすることはないの」

「でも、そのうちにアトランがトスタンと直接話をしたいと思うときがくるわ」ロドニナ・コストロワが心配そうにいった。

シンタはかぶりを振ってほほ笑む。

「ツナミ艦で訓練されたテラナーも、たまには眠らなければならないでしょ？　この艦の乗員はトスタン以外の艦長を受け入れないわ。わたしの雇用契約もトスタンによって結ばれたものよ。ところで、艦長はいつ司令室にもどれるの？」

「三時間以内は無理。まだすべき治療が……」

突然、大きな声がして艦医が話をやめた。副艦長兼首席技術宙航士のムラク・トブロン・ハーンの姿が艦内通信モニターにうつしだされる。その首は大きな顔にかくれてほとんど見えない。

「ヘラの窪地からあらたな情報が入った」副艦長がいきなり話しだす。「スキッパーを呼んでくれないか」

チーフ・シントロニカーは画像表示に切りかえた。彼女の顔が司令室のモニターにうつしだされる。

「わたしはまだ医務室にいます」と、シンタ。「艦長は眠っています。急用でしょうか？」

トブロン・ハーンは顔色ひとつ変えない。その声はいつもどおり大きい。

「いや、急用ではない。だが、きみはもどってきてくれ。ヘラの窪地での出来ごとを評価してほしい。スキッパーは寝かせておけ！　では、待っているぞ」

シンタは神経プシオン学者のロドニナに向かってうなずくと、せまい通廊を歩いてもどる。医療センターは司令室と同じ階にあった。歩く以外に移動手段はない。機械や設備がぎっしり詰まったこの特殊艦には移動装置を設置するスペースはない。

ひろい通廊へ出て、さらに進むと、中央反重力リフトの赤く光る開口部が見えた。その前には旧式の戦闘ロボットが二体置かれている。そう、《ツナミ＝コルドバ》はもともと戦闘艦だったのだ。

艦と艦内の装置のすべてが、異宇宙のストレンジネス定数を克服するために設計されていた。

最新型のツナミ艦の設計者であるラトバー・トスタンは、すべての機械と計算装置をすくなくともふたつの方法で制御できるようにしていた。そのために、シントロニクスだけでなく、ポジトロニクス予備ネットワークも完備されている。

また、高性能のシュヴァルツシルト反応炉も搭載されていた。それは、ふたつのグラヴィトラフ貯蔵庫でエネルギー低下が生じた場合に、ハイパートロップ吸引装置を構築するためのエネルギーを生成するものだった。

緊急時用の補助設備を多数搭載する《ツナミ＝コルドバ》はいまや、空飛ぶ発電所と化していた。物資を保管するスペースはほとんどのこっていない。

とくに、故郷銀河にもどったあとは無用の長物になっていた。燃費が悪く、性能の低いポジトロニクスはもう必要とされていない。ふたつのグラヴィトラフ貯蔵庫、数基の補助反応炉、四台のメタグラヴ・プロジェクター、そのほか多くの装置は、いまや重荷でしかなかった。局部銀河群の通常宇宙では、ストレンジネスに敏感なシントロニクスのメモリの故障も、グラヴィトラフ貯蔵庫の過度なエネルギー喪失も起こらなかったからだ。

シンタは装甲ハッチまでの短い道のりを歩きながら、時代錯誤におちいった《ツナミ＝コルドバ》について考える。非常用機器の過度な設置によって船の重量は重くなり、あらゆる任務を妨害していた。

とはいえ、この艦が銀河系船団最強の宇宙船であることに変わりはない。船体の直径は五百メートル、八門の強力なトランスフォーム砲は最後の防衛線と見なされている。よってアトランは意図的に、この球型巨艦を予備艦に位置づけ、有能な人物を艦長に指名したのだ。

艦長になったのは思慮深くて、迅速な決断を下せる人物だったが、病に伏したその男にその能力がどれほどのこされているかはいまのところわからなかった。

とはいえ、高度な特殊訓練を受けたツナミ艦のスペシャリストである百五十八人のテラナーは、ユーリ・カッチェンコをふくめ、みなラトバー・トスタンを必要としている。徹底的に論理を追求するかれの姿勢は、とくにATGフィールドを利用して起こりうる未来を探る場合には大いに役だち、乗員からも一目置かれていた。

2

シントロニクス結合体の性能は限界に達していた。

とはいえ、内部プログラムや計算速度がその原因ではない。それらは正常に機能しているが、基本データが突如、消滅したのだ。それなしではシントロニクス結合体でさえ信頼できる結果を導きだすことができない。

何週間も前から、〝クロノパルス壁〟と呼ばれる不気味な構造物の物理的特徴を解明する試みがつづけられていた。

従来の方法ではその壁の位置と範囲を特定することすらむずかしかったが、実験を積みかさねるうちに、異物が境界線に近づくと、壁面がつねに活性化することがわかった。狂気のバリアと呼ばれるクロノパルス壁は、無機物だけでなく有機物に対しても防御反応をしめす。科学者は以前から、壁には高度な制御メカニズムが備わっているのではないかと推測していたが、それがようやく確信に変わったのだ。

クロノパルス壁に窪地が発見されたのは、多かれすくなかれ偶然だったが、テラナーの努力が功を奏したことはいうまでもない。

観測結果にしたがって、謎の空洞に飛んだ調査隊は、そこが窪地になっており、ちいさな恒星系があることを発見した。

その恒星系は球状星団M-30から五百光年はなれた銀河系のハローに位置し、三次元的な目に見えないエネルギーの泡にとりかこまれている。

スペクトル型dM2の真っ赤に輝く恒星はヘラと名づけられ、それをかこむエネルギーの泡は総称で〝ヘラの窪地〟と呼ばれるようになった。

あらたなコンピュータ・グラフィックスが開発されてからは、ヘラの窪地のより詳細な調査が可能になった。

ヘラには三つの惑星がある。アトランは目下、恒星系が誕生した経緯と生命体の有無《うむ》を調査中だ。

銀河系船団の二隻の球型船がすでにヘラの窪地に進入した。その入口の幅はわずか五・三光時、窪地の深さは十二・八光時、最大幅は十五光時だ。

アトランはまだ二隻の船とともにヘラの窪地のなかにいる。船と球状星団M-30の背後で待機している銀河系船団はハイパー通信でつながっているが、その通信網は《ツナミ＝コルドバ》が制御していた。

ラトバー・トスタンは、二隻の調査船との通信路を確保するために、窪地の入口の真正面で待機するという任務を引きうけた。それは指向性ビーム・アンテナを介した円滑な通信を維持するためでもあった。

しかし、恒星ヘラを光学的に観測するだけで、スムーズな無線通信を確保するのはむずかしい！　中継点からのわずかなずれや窪地の入口の微小な変化が、頻繁に通信を中断させたからだ。

科学調査船《ラクリマルム》は《シグヌス》がエスコートしている。《シグヌス》の乗員は、あらゆる課題の克服をサポートするよう指示されている。そうした直接的なサポートが功を奏するかどうかは、まだわからない。

いっぽう《ツナミ＝コルドバ》の乗員は、艦を移動させて、窪地の入口で絶えず起こる相互作用を調整するのに必死だ。それ以上のことをする余裕はなかった。

ヘラの窪地の開口部は、壁全体と同じようにつかみどころがない。クロノパルス壁の最外縁部にある入口は、頭の部分が四分の一ほど欠けた中空ボールのようなかたちをしている。謎ばかりを提供する厄介な存在であった。

＊

主シントロニクスが警報を鳴らす。ヘラの窪地への開口部が閉じはじめてから十四日目のことだった。

当直のハイパーディム物理学者ロンベ・マッシモが突然、目をさます。夢のなかで艦内食を楽しんでいるところだった。

　マッシモは不機嫌な顔でうなり声をあげると、シートの肘かけに手をかけて、太ったからだを起こそうとする。結局、シート調節装置を作動させてようやく起きあがることができた。

　まだ仕事ができるような体勢ではなかったが、このときばかりは、司令室の乗員から注意されなかった。ムラク・トブロン・ハーンのどなり声がインターカムのスピーカーから響きわたり、乗員はみな不快感をあらわにしていたから。

　巨大な宇宙船の位置をつねに変えつづけるのは大変だ。船はふたたびハイパー通信圏外に出てしまっていた。とはいえ、同じ方法をとりつづけるしかない。

「受信、コンタクトシグナル、アトラン98vH」シントロニクスが反応し、受信データがモニターのスピーカーから音声のみで伝えられる。「エスコート船《シグヌス》がヘラ星系の基準点からはずれた。指向性ビーム送信機はヘラI上空の既存の位置から離脱。移動を願う」

「こんな支離滅裂が許されるのか？」マッシモが激怒する。アフロテラナーの黒い顔は汗にまみれている。「ピッテンブルク、どこにいるんだ？　無視するな」

「おれは非番だ！」ひろい司令室のうしろから不満げな声が聞こえてきた。「きみならひとりで見つけられるさ、どこが……」

「非番か。それも作戦のひとつだな」どこからか声がして、アダム・ピッテンブルクが口を閉ざす。それはだれもが知っている声だった。それほどのしゃがれ声を出せるのは声帯を損傷したスキッパーしかない。

ストレンジネスとの戦いのさいに製造しすぎた医療シートに横になろうと考えていたピッテンブルクが、あわてて背筋を伸ばす。

ラトバー・トスタンが亡霊のように、装甲ハッチからあらわれた。内側のハッチが音を立てて閉まる。

「パニックになるな」スキッパーは乗員の反応を先取りするかのようにいった。「わたしはまだ生きているし、これからもきみたちを困らせるつもりだ。ピッテンブルク、休んでいるひまなどないぞ。シンタ、進路変更アラームはどうした？」

身長二メートルの骸骨にしか見えないトスタンは、室内の暗がりにとけこんでいる。頭蓋骨にはりついた黄色い羊皮紙のような皮膚とむき出しの人工歯だけが光を反射している。そうした薬物中毒の後遺症は、ロドニナ・コスナトロワの努力によっても治療できなかった。トスタンの細胞組織はもはや再生不可能といってよかった。

シンタ・ラズロが皮肉をいいたくなる気持ちをおさえてアラームを作動させる。本当は、アラームなど必要ない。シントロニクスはすでに充分な騒音を出しているからだ。

その音の意味は乗員ならだれもが知っていた。

「スキッパーが司令室にもどりました」シンタがインターカムで報告する。「非番はなし。面倒でしょうが、通常業務をおこなってください。搭載艇の乗員は操縦ステーションへ。休み明けのスキッパーがなにを思いつくかはわかりませんから、心して行動してください。あと参考までに、かれは元気です」

シンタはインターカムのスイッチを切ると、背もたれの高いシートから身を乗りだして、うしろを振りかえる。銀河ギャンブラーと呼ばれる男の窪んだ目がすぐそこにあった。スキッパーはすぐうしろにいたのだ。

シンタは悲鳴をあげて、シートのカバーのなかに頭を引っこめた。

前にすわるアリ・ベン・マフルが口を押さえて笑いはじめる。友人のアアロン・シルヴァーマンに咳ばらいで注意されるが、笑いをこらえることができない。

「海賊はいつまでも笑ってろ」トスタンが皮肉をいう。「頭のいいチーフ・シントロニカーをここまで魅了する顔だ。笑われても仕方がない。アトランとのハイパー通信が中断中なので、ここで個人的に報告しておく。わたしはまたもや死をまぬがれた。ナノメートルサイズの医療ロボットがもろくなった血管壁から血栓や障害物を除去してくれた。今後、どれくらいの期間と頻度でこの治療をつづけられるかは、きみたちの想像にまかせる」

アリはもう笑っていない。

ラトバー・トスタンは司令室に架けられたブリッジの前に立ち、その奥の湾曲したパノラマ壁を見わたす。広角の光学式キャプチャで撮影された、銀河系のまばゆい星空が大型スクリーンにうつしだされている。シントロニクスの通信データは目下、スクリーンの一部だけにしか表示されていなかった。

アリ・ベン・マフルは、トスタンの皮肉が自分だけに向けられたものではない気がする。乗員全員が共有すべきものだと思った。

スキッパーがひろい司令室を見まわす。進路変更アラームは消え、シントロニクスは乗員の補助なしに《ツナミ＝コルドバ》の位置を通信圏内にもどそうとしていた。

ラトバー・トスタンはブリッジに歩みよると、ぎこちない動作でシートにすわる。頭上にぶらさがっているサート・フードには見向きもしない。以前は非常に便利だったこの頭巾型装置も、いまでは宇宙船の補助設備と同じくらい不要なものになっていた。

エモシオ航法士でさえもシントロニクスより速く思考することはできない。完璧主義者のスキッパーも《ツナミ＝コルドバ》が就航する前からこの事実を認識しているが、サート・フードの装備だけはいまでもおこたらない。コンピュータが故障した場合、オペレータの脳から直接コマンドを送信できるシステムはやはり有用だからだ。

状況は刻一刻と変化する、とトスタンは思う。長年使用してきた装置が一夜にして不要になったこともあった。そしていま、ふたたび急激な変化が起きようとしていた。

「あの星にほかの生命体がいないというのは、おれがグッキーだっていってるようなものだ」トスタンは冗談をつぶやくと、全周スクリーンに向かって手を伸ばした。そこでは銀河系の星々が燦然《さんぜん》と輝いている。「この宇宙で生活するすべての種族と知的生命体が滅亡するなんてありえない。そろそろだれかが謎を解きあかしてもいいころだ」

そこでひとりごとをやめると、ふたたび周囲を見まわした。多くのひきつった顔が見える。乗員ひとりひとりの目から疑問が見てとれる気がした。それらの問いに答える覚悟を決める。

突然、艦長が笑いだした。その笑い声は空咳《からせき》にしか聞こえない。

「きみたちは疑問をいだいて混乱しているようだ。その問いに答えられるのはツナミ艦しかない。われわれは銀河系船団で唯一、相対的未来にアクセスできる部隊だ。アンティテンポラル干満フィールドは、この艦しか構築できない。残念ながら、同様の設備をもつ無人探査機はない。したがって予備テストは不可能だ。ATGフィールドを使ってクロノパルス壁を突破するという計画についてハイパーディム物理学者の意見が聞きたい」

ロンベ・マッシモが脳をフル回転させる。太ってはいてもその気になれば、周囲が考える以上に精神的にも肉体的にもすばやく反応できるのだ！

「まったく意味がない！」と、即答した。「どんな種類のハイパーエネルギー実験でも、いい結果は得られませんでした。壁は貫通不可能です」

「だが、ATGフィールドはハイパーエネルギー現象だけにもとづいているわけではない」と、トスタンが反論する。

　スキッパーを言い負かすのは無理だとマッシモは思う。艦長は死の淵をさまよった数時間のあいだにハイパーディム物理学者の賛同を得られない決断を下したらしい。よって、できるだけ冷静に説得力のある言葉を選んで説明を試みる。

「クロノパルス壁のなかには、時間の量子もつれに類似するものがある、というのがわたしの見解です。ATGフィールドで壁を通過しようとするとすぐに、艦の破壊につながる深刻な干渉が起きるでしょう」

　トスタンは深刻な面持ちでうなずいた。艦体の奥深くで補助エンジンが音を立てる。

「優秀な学者くん、それはまだ仮説にすぎない！」スキッパーが答えた。「アトランから送られてきた調査結果はごくわずかだが、ワラビーと呼ばれる未知の宇宙船が目撃されている。ワラビーは狂気のバリアに突入しつづけているが、ATGフィールドは使用していない。われわれの技術をためすときがきた！　いまがチャンスだ」

「運が味方をしてくれれば、その選択はベターでしょう」シンタ・ラズロが口をはさんだ。驚くほど唐突に！　ただ議論が白熱するのを防ぎたかったからだ。しかし、艦長はほほ笑むだけだった。

「でも、ベターはベストほど充分ではありません」シンタはつづける。「より正確な観測データが得られるまで待つべきです。アトランは恒星ヘラの三つの惑星の調査をおこなったはず。そのデータを分析してからでも……」

　そのとき、シントロニクスが話をさえぎって報告をはじめた。

「クロノパルス壁の入口が一光時以下にまで縮小。通路周辺ではげしい爆発を確認。物質的に安定した物体が壁のエネルギー構造に衝突したもよう。アトランの調査船の安全は確認されました。ハイパー探知システムでも再確認。損傷はなし。通信も可能」

　マッシモが全周スクリーンを見る。ふたつの球体がシントロニクスによって描かれた対象物に向かって適切な速度で飛行している。しばらくして、アトランの識別信号が受信され、二隻の調査船は飛び地をはなれた。

トスタンは議論をつづけないことにする。かわりにハイパーカムを送信モードに切りかえた。

　数秒後、科学調査船《ラクリマルム》のモニターにトスタンの姿がうつしだされた。

　アトランが画面にあらわれると、スキッパーは《ツナミ＝コルドバ》とともにヘラの窪地に侵入し、ATGフィールドを使ってクロノパルス壁を内側から貫通する計画を提案した。

予想どおり提案は拒否される。「そんな計画は論外だ」というそっけない返事とともに、接続は切られた。

　ポージー・プースはこの先に起こることを予感していた。ラトバー・トスタンは文句もいわずに自分の意見を変えるようなテラナーではない。

　キュウリ形生命体のスヴォーン人は、四つの手を皿形の特殊シートの背もたれに押しつけて身長四十センチメートルのからだを起こした。

「大きな友、あの態度はひどすぎます！」と、ポージー。声はちいさいが、よく響くためトスタンも聞きのがさなかった。「とはいえ、アトランの調査結果は待ったほうがいいと、僭越ながらここで申しあげておきます」

「なぜ、そんなに怒っているんだ？」トスタンがからかい半分にたずねた。旧《ツナミ32》でのグリゴロフ事故で生きのこったキュウリ男の性格は知りつくしている。

　ポージー・プースは無礼な人が嫌いなのだ。無礼な人とは、テラでいうところの傲慢な人に分類されるというのがポージーの持論だった。

「なぜですって？」キュウリ形生命体が怒りをあらわにする。頭頂部にある大きな目も怒りに満ちている。「あのような威圧的な態度はまったくもって不適切です。アトランのような立派な地位にある男なら礼儀作法は知っているはずなのに」

　トスタンは加速をつづける直径二百メートルの二隻の球型船を見つめる。アトランはフェニックス＝1の集合ポイントに一刻も早く到着しようとしていた。

「キュウ公、立派なふるまいと指示は別物だ」スキッパーがちいさな友をさとす。

「まったくもってあれは指示ではなく命令です！」

「わかった！　じゃあ、それがしたがうべき命令かどうか考えてみよう。銀河系船団と、願わくば人類がまだ存続しているとして、わたしの計画の実行を禁止することは、ひかえめにいっても有益ではない。船団指揮官はこれまでつねにまちがった道を進んできた。アトランも例外ではない。シンタが……」

「わたしはここにいます！」はっきりした口調で返事がくる。「銀河系船団に転送された調査隊のメッセージが共有ファイルに保存されているかどうか知りたいなら、確認できます」

「知りたいのはアトランが送ったメッセージではなく、調査結果だ！　フェニックス＝1の船団に送られた結果を入手したい」

そこで、シンタ・ラズロはすぐさま制御コンソールのキイボードをたたきはじめる。シントロニクスは利用可能なすべてのデータを文字と画像で視覚化していった。そこにはシントロニクス独自の評価も添えられていた。

《ツナミ＝コルドバ》のシントロニクス結合体がとくに重要だと判断した調査結果は、赤くハイライトされている。

「ヘラⅢに存在するクトル・ロボットは注目に値《あた》いするが、アトランの調査は中断された」

トスタンは赤い文字しか読んでいないようだ。帰還中の調査船に関するデータにはほとんど関心がない。

ロンベ・マッシモの視線は、スキッパーとデータファイルとシンタ・ラズロのあいだを行ったりきたりしていた。アアロン・シルヴァーマンが唇の前に人差し指を立てたり、手で合図を送ったりして、かれをおちつかせようとする。

ようやく、マッシモが文句をいいながらシートに深く腰かけた。

「ポージー、《ラクリマルム》とのハイパーカム接続を確立してくれ！」トスタンが大声でいった。「シントロンの評価にはモザイクをかけてくれ。早くしないと、アトランと両船がハイパー空間に消えてしまう」

アアロン・シルヴァーマンがシートから身を乗りだす。そこにはアリ・ベン・マフルの彫りの深い顔があった。

「トスタンはアトランにハッタリをかますと思うか？」若い技術科学者が小声でたずねる。

「ハッタリ？」アリは制御盤の端を両手でつかみながら、腑に落ちないようすで同じ言葉をくりかえす。「ハッタリだって？　アトランがなんといおうとも、スキッパーはへラの窪地に飛んでいくさ。でも、前もって心構えだけはさせてほしいな！」

アアロンはどう答えていいかわからずに苦笑する。この計画には乗り気だったが、いやな予感もしていた。トスタンが立てる計画はリスクが高いことで有名だからだ。

そのとき《ラクリマルム》の通信センターから連絡が入った。オペレータは地味な中年のテラナーだ。

中年男によると、アトランは船が加速段階にあるため話せないという。モニターにうつしだされた男は不機嫌で、いやいや仕事をしていることをかくそうともしない。

トスタンがハイパーカムの画面を艦長専用コンソールに切りかえた。《ラクリマルム》のモニターから見ると、トスタンの画像の左側に艦長のマークが表示されているはずだ。

「どうやら、きみはだれかさんから具体的な指示を受けたようだ。それなら、わたしは急いで先にいく、と《ラクリマルム》の指揮官に伝えてくれ！　行き先はヘラの窪地だ！　この艦のエンジンから出るビーム・シャワーを浴びないよう注意するがいい。ところで、きみは、その船にいるアルコン人が客として呼ばれただけだということを知っているのかな？　わたしからの伝言はそれだけだ！」

トスタンが伸ばした手が《ラクリマルム》のモニターに大きくうつしだされる。それは徐々に大きくなり、最後には画面をおおいかくした。

　突然、《ツナミ＝コルドバ》のスピーカーから雑音が聞こえた。銀河ギャンブラー、トスタンが皮肉な笑みを浮かべる。

　次の瞬間、白髪のアトランの姿がスクリーンにうつしだされた。通信画面が《ラクリマルム》の司令室に切りかえられたのだ。

「招かざる客として、きみの無礼な発言を聞いてやろうじゃないか」アトランの声は荒々しい。激怒している。「では、どうぞ」

「六百九十五年前、あなたはそれなりの権力をもった船団の指揮官だったかもしれません」トスタンは冷静に話しはじめた。「しかし、時間跳躍によるカタストロフィのあと、既存の法体系は消滅した。人類の形態は完全に変わった。それなのに、あなたは自分には指示を出す権限がまだあるといいはり、全艦船の乗員に、その権限を認めるかどうかの投票をさせるのをおこたった。ローダンも同様です。おわかりいただけますか？　あなたはやはり客でしかないのだ！」

　アトランは茫然として通信装置を見つめる。船団の専門家たちのあいだで、すでになんども議論されてきた問題をつきつけられたからだ。新しい民主的法制度はまだ確立されていなかった。

「きみを〝宇宙史上最悪の詐欺師〟と呼んでいいだろうか？」アトランがいった。とまどいをかくそうとするが、うまくいかない。

「よろこんで」トスタンは喉を鳴らしながら笑う。「ローダンとアトランというふたりの不死身の男は、一刻も早く誤解を解くよう努力すべきでしょう。〝わたし〟はかならずあなたがたに投票しますよ！　しかし、現時点では、わたしは正式な投票によって選ばれた《ツナミ＝コルドバ》の艦長で、あなたは《ラクリマルム》の乗員から見放されようとしている銀河系船団のもと最高指揮官にすぎません」

「《ツナミ＝コルドバ》では投票をおこなったのか？」アトランが啞然としていう。

「もちろんです！　だからこそ、わたしには要求する権利があります。ヘラの窪地に飛行し、そこに閉じこもりたいのです。第三惑星には見落としているものがまだ多くあるはずだ。参考までにお伝えしておきます。シントロニクスの最新の観測結果によると、窪地の開口部はふたたび安定しました。開口部の現在の直径は三十光分。わたしにとっては充分なひろさです！　この艦には船団でもっとも優秀な専門家がいる。開口部がちいさくなりすぎた、なんて言葉はわれわれには必要ありません」

アトランがふたたびおちつきをとりもどす。慎重に言葉を選びながら話しはじめる。その内容は意外なものだったが、かれの巧みな外交手腕を証明するものだった。

「船団のもと最高指揮官が、最新の投票で選ばれた艦長に命令を下すことはできない。もと最高指揮官は艦長の独りよがりな法の解釈に異議を唱えたくても、それは許されない。いま、わたしに許されることは艦長に対してお願いすることだけだ。だからいま、ここでお願いしたい。どうか窪地には飛行せずに、開口部の隙間が完全に安定するまで、窪地の前で待機してほしい」

トスタンの人工歯が、しわだらけの唇のあいだからあらわになる。笑っているわけではないが、動揺して気づいていないようだ。窪んだ真剣な目にアトランの視線が注がれる。

トスタンはふたたび冷静になって話しはじめた。

「親愛なる古き友よ。わたしの法解釈が認められるか、認められないか、なんてことはどうでもいい。窪地でいま起きていることを、どうしても知りたいのです。遺伝子改変されたわたしの脳が、それを欲するのです。窪地の前で待つかもしれないし、なかに飛んでいくかもしれない。いずれにせよ、バナナ形ロボットを解体したくらいでは、わたしは満足できない。《カルミナ》でヘラの窪地の入口の前にきて、そこで待機してください。窪地の調査は指向性ビーム通信を受信できる艦船を入口の外に置くことが重要です。ハイパーカム・ネットワークの接続の状態が悪化していますからね。《ラクリマルム》の船長はまさにいま、メタグラヴ駆動にうつろうとしている。さあ、ここでどうするか決めてください」

アトランが返事をする。聞きとりにくいが、理解できないほどではない。

「きみの命とからだを危険にさらすことには賛成できない。乗員のことも考えるべきだ」

「かれらは準備万全です！　適切なタイミングで脱出できるよう計画を立てています。あなたには窪地の入口の前で《ツナミ＝コルドバ》の搭載艇を迎える準備をしていただきたい」

そこで、映像がぼやけた。その数分後、ツナミ艦の探知システムがふたつの衝撃波を検知した。《ラクリマルム》と《シグヌス》がハイパー空間に入ったのだ。

トスタンは通信スイッチを切り、周囲にいる乗員を見た。緊張した面持ちの者もいれば、冷笑を浮かべている者もいる。

シンタ・ラズロがいてもたってもいられずに沈黙を破った。艦内で彼女ほど率直にものをいえる人間はいない。

「いったい、いつ、われわれが最新の法原則にしたがい、民主的に艦長を選出したというのですか？　それとも、わたしの聞きまちがいですか？」

ラトバー・トスタンは、シートにもたれかかって天井を見つめながら腕を組む。返事には困っていないようだ。

「アトランはわたしを信じた。きみたちは、この遠征期間については、わたしと労働契約を結んだ。そうだろ？　時間のずれがあろうがなかろうが、契約はまだ切れていない！　わたしときみたちの法的立場は明確だ」

　トスタンは顔をかたむけて皮肉な笑みを浮かべる。そして、意味ありげに司令室の装甲丸天井を指さすと、そのポーズのまま話をつづけた。

「わたしのような父性あふれる人間が、部下が理解できないような道を歩むのは当然だ。そこで、労働契約には書かれていないが、投票をおこなうことにする。だが、それは《ツナミ＝コルドバ》の艦長の立場を問うものではなく……」

「父上さま、そうでなければなにがあるのですか?」アリ・ベン・マフルが大声でたずねた。

　アリのシートが回転する。

　トスタンが振りむく。

「安全ロックをかけておけ! それとも、うしろ向きで操縦するつもりか? 投票で決めるのは、艦長ではなく、ヘラの窪地に侵入するか、否かだ。もちろんアトランの意見は正しい! 窪地への侵入は非常に危険だ。だが、入口が完全に閉じたとき、窪地でなにが起きるのかどうしても知りたい」

「有機物は破壊されるでしょう」アダム・ピッテンブルクがいう。「無機物は保存されるかもしれない。あるいは……」

　トスタンが話をさえぎる。いつもとちがい、聞きとりやすい声で意見をいう。

「アトランにワラビーを調査する資格はない。一時間前に爆発した宇宙船に〝生命体が乗っていなかった〟なんてことが信じられるか？　報告によると、宇宙船は奇妙な方法で飛行した。なら、いったいだれが操縦していたのか？　狂ったロボットか？　ヘラⅢを調査するぞ。そこで入口が閉じるまで待つんだ。シンタ、投票の準備をたのむ」

　チーフ・シントロニカーはすばやくシントロニクスの観測データに目をとおした。

「開口部に変化はありません」シンタが真剣な面持ちでいう。「ヘラの窪地はアトランの船が去ったことで、ふたたびおちつきをとりもどしたのでしょうか？　開口部でなにが起きているか知りたいですね」

「ああ、知りたい」トスタンはそういうと立ちあがった。手足を伸ばすと、骨が折れるような音がした。

「失礼！」そうあやまったその顔はいつもより元気そうに見えた。「投票に参加するには、投票権を持つ各人がシントロニクス上で本人確認をおこなう必要がある。個人ＩＤのコピイと乗員番号で確認できるよう設定してくれ。アトランが《カルミナ》で到着したら、すぐに議事録のコピイを提出しろ。かれはかならずもどってくる。さあ、この艦では乗員がギャンブラーのようにふるまうと、かれがいいだす前に艦をスタートさせるぞ」

「おれたちがギャンブラーのようだと笑いながらいうなんて、どうかしている」ピッテンブルクが小声でいう。「前向きなバカ者につける薬はないのか？」

「前向きなバカ者ってどんな人のことだ？」シルヴァーマンがからかい半分にたずねる。

「でも、バカ者がおれたちをバカにしていないことはたしかだぜ！」

ピッテンブルクはあきれたようにかぶりを振る。

それはNGZ一一四三年七月六日のことだった。

＊

NGZ一一四三年七月七日、アトランが《カルミナ》でヘラの窪地の作戦エリアにもどってきた。時刻は零時十一分。

エンジンパワーを限界まであげて、フェニックス＝1と狂気の壁のあいだを光速の六千万倍で往復し、到着したのだ。

ハイパー空間から出ると、《カルミナ》のアンテナは《ツナミ＝コルドバ》からの無線メッセージをキャッチする。同時にツナミ艦は光速の半分の速さで壁の入口のなかへと消えていった。

バス＝テトのイルナが危険を承知で《カルミナ》を入口から三光秒はなれた位置にまで近づける。そこからは、真っ赤な恒星ヘラを肉眼で確認することができた。トスタンの艦のアンテナが正しく開口部に向けられているかぎり、あらゆる種類の無線メッセージが受信可能な状態になった。

アトランがコントロール・モニターの前に立つ。《ツナミ＝コルドバ》の姿はまだはっきりと見えるが、すでに危険な宙域に入ってしまっていた。

「ここで待ちますか？」イルナが質問する。口調はしずかでていねいだ。

アトランはうなずく。《カルミナ》の乗員のだれもが、かれがトスタンの計画をどう評価しているかを知っていた。

メインティ・ハークロルが近づいてきた。その小柄な女性は、トスタンの指揮下で氷の世界ゼレンガアでの危険な任務をはたした超空間記号論理学者だ。銀河ギャンブラーの人格を評価できる人間がいるとすれば、彼女をおいてほかにいない。アトランはヘラの窪地にもどる前にメインティを《リンクス》から呼びよせたのだ。その指示はすぐに受けいれられた。

メインティがファイルをわたすと、アトランは瞬時に目をとおし、皮肉交じりにいった。

「わたしの見まちがいでなければ、これは投票結果だ」

メインティは笑いをこらえて答える。

「そのとおりです。百五十八票。ポージー・プースをふくむ全乗員がヘラの窪地への侵入に賛成しました。生きている死体、いや、スキッパーはルールにしたがっています」

「いつもどおり、合法ギリギリのラインだ！」と、アトラン。

「あなたがおっしゃる合法とはどういうものですか？」メインティが反論する。「総選挙をすべきだというトスタンの指摘はあながちまちがいではないと思います。かれと連絡をとりましょうか？　開口部は安定しているようです」

「いや」アトランが即否定する。「狂気のバリアのプロジェクトについては、いやいやながらだが応援することに決めた。だが、かれがどうやってツナミ艦に乗る百五十八人の専門家を納得させることができたのかは不明だ。乗員はみな最高レベルの専門家だ。窪地でなにが起きるかは充分知っているはずだ」

　メインティは首をかしげてうなずくと、その疑問に質問で答える。

「四四七年十一月、わたしがトスタンとともに鹵獲《ろかく》したハウリ船《ハウレクス》に搭乗した理由をご存じですか？　かれは非凡な情熱家です。理性的に考えると、荒唐無稽に思えるようなことでも、説得されると実現できる気がしてしまうのです。あのとき、可搬式特殊計算機のＦＰＡだけで《ハウレクス》を飛ばしたのは正解でした。今回もトスタンを信じるべきだと思います」

　アトランは納得しきれないようすで、スクリーンから目をそむけた。

「わかった。それなら、トスタンはふたたび地獄から悪魔を連れだすか、永久に悪魔に滅ぼされるかのどちらかだ。ところで、緊急事態の対処法についてはどう書かれているんだ？」

アトランは目の前のファイルを指さした。

メインティ・ハークロルはかぶりを振った。

「なにも書かれていません！　トスタンはそういうことは考えません。緊急事態の対処は、いつもパートナーまかせです。今回は、あなたがそのパートナーのひとりです」

「なるほど」アトランがいやそうにいう。「わたしはかつて、トスタンに命令をくだす最高指揮官だったが、さきほど懇願者となり、ついにはパートナーにまで格下げされたということか。かれがローリン計画の前にレプソのカジノでＵＳＯのコルヴェットを賭けて勝負に出て、敗北したことを知っているかい？　あの向こう見ずなロナルド・テケナーが師であり、模範であったことも？」

「知っています！」メインティが笑いをこらえながらいう。「わたしの知るかぎり、かれはテケナーから二回指導を受けています。一回目はＵＳＯ時代、二回目はツナミ艦の訓練時代です。トスタンの遺伝子改変された脳は、有機ポジトロニクスと呼んでいいほど、即座に記憶データを呼びだすことができます。人類を危険にさらすようなミスはおかしたことがありません。今回もヘラの窪地で、そのたぐいまれな直感を生かして行動するでしょう。謎を解明できるのは、かれしかいません」

「きみのトスタンに対する信頼は尊敬に値いする」アトランはイルナの隣りにすわる。「よし、テラでいうところの、重い腰をあげるとするか」

　イルナは疑わしい目でアトランを見る。眉間《みけん》のシワが彼女の気持ちをあらわしていた。

「ローリン計画の前に、ラトバー・トスタンに恩赦をあたえたのは、あなたですよね？　ペリー・ローダンも大笑いしたと聞いています」

　メインティは中央ハッチに向かった。アトランは冷静になって現状を受けいれようとする。もうなにも変えられそうになかった。

「銀河系船団の女性たちが、あの大ぼら吹き男にこれほどまで同情するなんて、ありえない」アトランが文句をいう。「まったく、ありえない！　ボロ雑巾《ぞうきん》みたいな、あのからだを憐れむならまだしも」

　イルナの指がアトランの手を撫でる。輝くようなほほ笑みを向けられると、よけいに不安になる。

「でも！　本当におもしろい男にはだれも同情なんかしないわ！」

3

しだいに、メインティ・ハークロルの意見は彼女だけのものでないことがわかってきた！

《カルミナ》は窪地の入口付近にある無放射線区域の三光秒手前で待機していた。バス＝テトのイルナは、クロノパルス壁の絶えまない動きに船を合わせるのに必死だ。壁はおちつきをとりもどしたように見えたが、微妙な調整がまだ必要だった。

一時間前、ある飛翔体が《カルミナ》の探知システムのモニター上で確認された。それは《ツナミ＝コルドバ》の大型搭載艇のひとつで、入口の向こう側、つまり窪地のなかの特定の位置から識別インパルスを発していた。

ラトバー・トスタンは遠征地全体の動向を見ながら計画を進め、まず、窪地と外部との無線通信を安定させるために入口の真正面に基地局を設置したのだ。そこを通信拠点にすれば、相対的に静止している《カルミナ》の位置をスムーズに把握でき、電波吸収率の高い窪地の外縁部をつねに通信可能な状態に維持できる。

アトランはトスタンの通信障害対策を知ると咳ばらいし、自分が飛び地に進入したときにも同じことをするべきだったといった。

イルナはアトランが自己批判をしていると思ったが、黙っていた。かれは他人の長所を認められるほど素直なのだ。

そのとき、《カルミナ》のシントロニクスが反応した。ヘラの窪地から連絡がきたことをしめすシンボルが点滅している。

赤毛の男の顔が突然モニターにうつしだされる。その澄んだ水色の瞳は、八日間放置されたアトランの無精髭《ぶしょうひげ》とは対照的だ。ふたりが対面するのはこれがはじめてだった。

「リンド・クラヴソン、TC＝K5艇長、アトランとの会話を希望！」スピーカーから明るい声が響く。

アトランは赤毛の男の顔を見つめる。そのあとに、べつのモニターにうつっている艇を確認した。

特務艦隊ツナミのTC＝K5は直径六十メートルのコルヴェットのひとつだ。アトランが通信スイッチを押す。

「アトランだ。一時間以上もたってから連絡をくれるとは感心だ。リンド・クラヴソン、そう思わないか？」

大型搭載艇の艇長はアトランの皮肉を無視する。トスタンの暴言にくらべたら、そんな皮肉は痛くもかゆくもない。精神的に鍛えられていた。

艇長は画面に向かって笑いかけ、これまでに何百万というテラナーが使ってきたいいまわしで、その場を切りぬけようとした。

「上司の指示にしたがったまでです。申しわけございませんでした！　《ツナミ＝コルドバ》は窪地の反対側、つまり、この艇から十二光時はなれた位置にいます。たったいま、そこからある情報を受けとりました。それをお伝えしておきます」

アトランが顔をしかめる。クラヴソンの言葉がどことなくぎこちなかったからだ。

「それで？　どんな悪報があるのかな？」胸騒ぎをおぼえながらたずねた。

「スキッパーが戦術的にすぐれた作戦に出るといっています！　目下、ワラビーを引きよせようと尽力しています。壁に突入しては、はねかえされ、それでも壁に突入しつづける、あの謎の宇宙船です」

コルヴェットの艇長の顔から笑顔が消える。突然、罵倒を浴びせられたからだ。

アトランが深呼吸した隙をねらって、クラヴソンが報告をつづける。

「謹んで、その怒りをお受けいたします。スキッパーはこう申しております。ロボット船を攻撃することはない。あなたの部下のように、旧型トランスフォーム砲を改造してヘラⅢで使うようなおろかなまねはしない。調査対象を事前に破壊することもない。報告は以上です」

リンド・クラヴソンは通信スイッチを切った。かれのうしろにいた十四人の乗員は黙っている。そこで、技術宙航士のひとりがためらいがちにいった。

「〝おろかなまね〟という言葉はちょっといいすぎだったかもしれませんね！　アトランも、部下のバカげた行動を許容しすぎたことを自覚しているはず。とにかく、スキッパーの試みがうまくいくことを願います」

「それを信じるしかないな！」

*

《ツナミ＝コルドバ》ののこる四隻のコルヴェット搭載艇は、ヘラ星系で外部警備についていた。

とはいえ、実際のところ警備は必要ない。ヘラ星系にテラナーの球型巨艦や搭載艇を攻撃する者はいないからだ。

しかし、ラトバー・トスタンは用心深く、危険性をすべて排除しないと気がすまない性格だ。運を天にまかせることはしない。アトランの着陸艇が攻撃を受けた事実を忘れてはいなかった。

スクリーンに、これまでヘラの窪地で発見されたことがない種類のワラビーがうつしだされている。

シントロニクスはその船をトリマランだと識別した。トスタンの遺伝子改変された脳もそれに同意する。細長い巨大な胴体と左右にとりつけられた二本のアウトリガーは、カルタン人の造船所で建造された船特有のものだった。

しかし、それが飛び地で発見されたことはこれまでなかった！　そこで、トスタンはアトランやジュリアン・ティフラーなら避けるような危険な手段をとることに決めた。

「シントロン、まだ個体インパルスは検出されていないのか？」トスタンがシントロニクス結合体にたずねた。

シントロニクスは未検出であることを伝えると、説明をつけくわえる。

「有機生命体は乗船していません。エネルギー放出は一定。その数値は記録されているカルタン人のものと一致します。このワラビーはやはりトリマランです」

トスタンはさらにくわしいデータを要求した。クロノパルス壁のなかから出てきたばかりの謎の宇宙船の船体は大きく揺れ、スピードも落ちている。ツナミ艦からは半光秒はなれた位置にあった。

「指示どおりの目標設定」トスタンがしゃがれ声でいう。「エンジンを停止させる。MVH砲塔1でハンマープレス砲撃。発射」

即座に、シントロニクスの論理プログラム編制が作動する。つづけて、新型の多連装高エネルギー砲であるMVH砲塔のひとつが、ツナミ艦の球型胴体の奥深くでうなりをあげた。そのエネルギー砲は赤道リングの膨《ふく》らみの下に六基あり、とりはずし可能なエネルギー自立型武器ドームにおさめられている。

放たれた純白のビームは、光速で漆黒の宇宙空間に突入し、謎の宇宙船をとらえた。砲撃はリア・エンジンと同じ高さにある右側のアウトリガーと胴体のあいだの鋭角を直撃した。

ハイパー探知システムは攻撃の効果を即座にしめした。旧型の探知システムの観測では、ダメージの確認に〇・五秒も要したが、新型はより速かった。

ハンマープレス砲撃の結果が出た。両サイドのアウトリガーの一部は完全に破壊されていた。

そこで、シントロニクスが報告をはじめる。

「主・補助エンジンともに停止。排気停止。船尾のアウトリガーのなかにある補助装置も徐々に停止。救難信号なし！　船内は砲撃前同様反応なし」

「こんな、かんたんでいいのか？」アダム・ピッテンブルクが驚きの声をあげた。「たった一発でもうおしまいか？」

トスタンは、ハイパー物理学者が混乱してシートベルトをはずすのを見る。学者は信じられないといったようすでブリッジを見あげた。

「こんなかんたんなことなのだ」銀河ギャンブラーがいった。「シントロン、四発のパラライズ・ショートショック砲撃で追撃。発射」

　こんどは《ツナミ＝コルドバ》の球型胴体が揺れる。ふたたびビームが謎の宇宙船を直撃し、その光は扇状にひろがってまたたく間に船全体をおおった。船体は麻痺光線に完全に包囲される。

　シントロニクスが砲撃が命中したことを報告する。ワラビーは救援を要請することも、反撃することもなかった。

「やはりロボット船です」シンタ・ラズロがいう。「乗員の活発な動きをしめすインパルスは検知できません。エンジンも停止しています」

「電力供給はまだあるのか？　典型的な自己放射の検出は？」トスタンが手短かに質問をまとめる。その答えは期待どおりだった。

「両方とも確認できません。よかったです、スキッパー！」

　シンタがトスタンの返事を待つ。

「よかった？」トスタンが背伸びをしながら訊きかえす。「よかった、とはどういう意味だ？　わたしがＭＶＨ砲で有人宇宙船を砲撃すると、本気で思っていたのか？」

　シンタが肩をすくめて、ふたたび制御コンソールのほうに向きなおる。なにごともなかったかのように、トスタンが出した指示にしたがって仕事をつづける。出すぎた発言はもう許されないのだ。

トスタンが十機の小型搭載艇の宙航士とコンタクトをとる。脱気ずみの格納庫にあるスペース＝ジェットは飛行準備が完了し、ゲートは開いていた。

ジャニュアリー・ケモ＝マサイがすぐに応答した。すでにツナミ・スペシャル・セランの与圧ヘルメットを閉じている。

「ケモ＝マサイ、作戦を開始する。あの船に生命体がいるとしたら、昏睡状態にあるはず。いや、生命体はいないはずだ！　スペース＝ジェット五機は戦闘態勢で護衛につく。のこり五機の宙航士が謎の宇宙船に乗りこむ。周囲の安全確認をおこたるな！　ジェットはドッキングしてからアンカリングすること。きみが指揮をとれ」

「万が一船内に生命体がいたらどうしますか？」アフロテラナーのケモ＝マサイがたずねる。「動物や植物を発見したら？」

「ここに連れてこい！　シントロン、出航だ」

計十機の、銀色に輝く、直径三十メートルの円盤型戦闘機が巨艦のなかからあらわれる。それらは速度をあげて、謎の宇宙船がある方向へと消えていった。

謎の宇宙船は自由落下し、ふたつの軸を中心にして、ゆっくりと回転しながら、恒星ヘラに向かっている。

現場から、コルヴェット編隊の隊長が連絡してきた。テク・ファナスの細長い顔がモニターにうつしだされる。

「ヘラ星系では目立った動きはありません。だれもいまの砲撃を気にしてないようですね。二時間前に発見されたワラビーは現在、窪地の反対側の端にいます。そこで、クロノパルス壁に突入しては、跳ねかえされるというパターンをくりかえしています。自動で動いているようにも見えます」

トスタンがうなずく。謎の宇宙船が自動操縦であることは最初からわかっていた。だからこそ砲撃したのだ。あえて危険をおかす必要があった。

「ファナス、監視をつづけてくれ」トスタンは技術宙航士に指示する。ファナスはコルヴェット編隊の指揮艇TC＝K1の艇長でもある。「なにも起こらなそうに見えても油断するな。防衛態勢を維持しろ。われわれはまずトリマランを調査する。きみが見つけたワラビーも同型か？」

「いいえ、サトラング型でした。トリマランの出所がヘラⅢであるかはまだ確定できていません」

トスタンはそこで通信スイッチを切ると、シートベルトをはずして立ちあがった。《ツナミ＝コルドバ》の探知システムは作動しつづけている。見慣れた物体以外は、なにも検知されていない。

恒星ヘラの位置を確認する。それは飛び地の軸交点にあり、現在は《ツナミ＝コルドバ》から六光時はなれていた。

モニターには、ヘラ星系の三つの惑星が表示されている。それらが真っ赤な恒星ヘラとともに誕生したものではないことは、アトランの調査で明らかにされていた。ヘラ星系のなかにいるとはいえ、トスタンは星系にほとんど興味がなかった。かれの目的はクロノパルス壁を突破して銀河系に到達する方法を発見することだからだ。

それがどれほどの困難と危険をともなうものであるかは、謎の宇宙船の不可思議な行動だけを見ても明らかだ。

ローダンの試みは失敗に終わった。ロボット・ゾンデは爆発し、搭乗していた人類を含む知性体は発狂寸前におちいった。

トスタンのようなリスクをいとわない銀河ギャンブラーにとって、こうした現実はたえがたかった。壁を突破して銀河系に到達することが唯一の目標であり、それはいまでも変わらない。

もちろん、アトランの考えは理解できた。それはある意味正しい意見だった。

トスタンはもの思いにふけりながら、ひとりごとをつぶやく。光り輝く全周スクリーンを見つめる。

「なにか問題でも?」突然、シンタ・ラズロがいった。べつべつのモニターに十機のスペース＝ジェットが大きくうつしだされている。

トスタンはかぶりを振って否定する。

「問題かどうかは状況による。困難はのりこえるためにある。ケモ＝マサイはなにをしている？」

「ドッキング中です。謎の宇宙船に防衛と生命体の痕跡はないとのこと。あとで、正式な報告が入る予定です」

トスタンがうなずく。窪んだ目があやしく輝いた。

「それこそが謎なのだ。カルタン製のトリマランがどうやって飛び地のなかに侵入したのか？ いや、いいかたを変えよう！ だれがトリマランを飛び地に飛ばせたのか？ どこに基地があるのか？ その答えを見つけなくてはならない。あのトリマランは戦闘艦だ。その構造なら熟知している。ロボット制御だけで飛ばせる船ではない。乗員はいったいどこに消えたんだ？」

シンタは深呼吸をして答えを探す。

「宇宙船の動きが合理的でないことが気になるのですね？ われわれの到着が七百年も遅れたという事実をお忘れですか？ すべての答えはどう現実を見るかにかかっています。そうですよね？」

言葉の端々に不安が垣間《かいま》見《み》えた。銀河ギャンブラーは動かない。

「もちろんだ！」トスタンが猫背のからだを起こしていう。「いまは、こう考えるしかない。ここでなにが起こっているかは、だれかが探らなければならない、と。そこで、お願いしたいことがある」

驚いてトスタンを見る。シンタの内なる不安が増大した。

「スキッパーがお願いですって？　正気ですか？」

生きている死体と呼ばれる男は笑って顔を近づけた。

「内密で、わたしといっしょに壁を突破したい乗員を二、三人探してほしい。絶対に強制はするな！　成功の可能性について訊かれたら、正直に答えてくれ」

「で、その可能性は？」

トスタンは首をかしげて、巨大全周スクリーンを見つめる。

「十パーセント。それ以上はない！」

スキッパーは突然、きびすを返すと、物理学者と技術科学者に手を振ってエアロックのほうへ歩いていった。

4

ラトバー・トスタンは発作から四時間後に司令室にもどった。それはNGZ一一四三年七月八日のことだった。時計は午前一時を指している。

艦長がふいに姿を消した原因について、訊ねる者はいなかった。大親友のあとを追って飛んできたポージー・プースも沈黙したままだ。スキッパーの体調悪化を心底心配している。

シンタ・ラズロはこの状況下で、〝壁の突破〟に志願する乗員を二、三人探すことはむだだと考えていた。トスタンの健康状態がさらに悪化すれば、計画が頓挫《とんざ》することは目に見えていたからだ。

けれども、その十分後、シンタはその考えをあらためることになる。銀河ギャンブラーが突然、元気をとりもどしたのだ。

回復のきっかけは、スペース＝ジェット隊の隊長からのメッセージだった。アフロテラナーの大家族の長男であるジャニュアリー・ケモ＝マサイが謎の宇宙船の司令室への侵入に成功したのだ。

《ツナミ＝コルドバ》はすぐに速度をあげて現場に向かい、トリマランのすぐ近くで停泊した。

*

ジャニュアリー・ケモ＝マサイは高エネルギー・ブラスターをコンビ・ベルトのマグネット・ホルスターにもどした。

カルタン人が製造した長距離戦闘艦の司令室は画像で見たとおりだ。操縦席にはだれもすわっていない。

ケモ＝マサイはうしろに立っている男たちに合図した。かれらもまたツナミ・スペシャル・セラン、TSSを着用している。武器はホルスターにおさめられている。

「よし、ここは終了」ケモ＝マサイはヘルメットに装着されたマイクロカムに話しかけた。「隣りの部屋も見てくれ」

「これももって帰りますか？」突然、スペース＝ジェットの隊員のひとりが見つけたものを指さした。

それは三体の死体だった。ケモ＝マサイは驚愕して動けなくなる。

「待て。スキッパーに連絡する。《ツナミ＝コルドバ》は操船を終えたところだ。きみたちは、ほかの場所を確認しておいてくれ」

ふたりの隊員が隣りの部屋へ移動する。そのほかの隊員は全長百メートルのメイン・ホールを再確認しはじめた。

ケモ＝マサイが母艦に連絡する。ラトバー・トスタンがすぐに応答した。スキッパーの胸像がヘルメットのミニスクリーンにうつしだされる。

「なんだ、ケモ＝マサイ？」スキッパーの声がマイクロカムから響いた。

ケモ＝マサイがＴＳＳのワイド・ビーム・ライトのスイッチを入れる。すると突然、暗闇に大量の光がさした。マイクロカメラを司令室の奥に向ける。

「カルタン人の死体を三体発見しました。死後、かなりの時間が経過しているようです。遺体はミイラ化しています。宇宙服の与圧ヘルメットが開いています。酸素が不足し、苦しくて開けたのでしょう。ということは、つまり……」

ケモ＝マサイが言葉をつまらせる。トスタンの問いが耳のうしろのマイクロカムから大音量で聞こえた。

「つまり、なんだ？」

「宇宙服のなかの空気がなくなったのなら、司令室の空気もなかったにちがいありません」

「あるいは、有毒ガスに汚染されていた可能性もある。ピコシンの報告は？　大気中の残留粒子は検出されたか？」

ケモ＝マサイが部屋のすみに横たわっている死体に近づく。TSSのマイクロ・シントロニクスが光線を拡大すると、身をかがめた。すると、トスタンのスクリーンに死体の細部がうつしだされた。

「死に顔はおだやかです。戦った痕跡はありません。かたちのゆがんだ操作装置の前に横たわっています。ハイパー通信機だと思われます」

「こちら、シンタ」突然、チーフ・シントロニカーが話にわりこんできた。「いまは結論を出さないほうがいいと思うわ。まずは綿密に調査すべきよ。大気中の残留粒子は検出されたのかしら？」

ケモ＝マサイはトスタンからも同じ質問をされたことを思いだした。

「ヘラの窪地の他領域と同じように、水素分子がいくつか検出された。でも空気はない。三人のカルタン人の体内に致死量の有毒ガスがとりこまれたのなら、死後、ガスは体内から排出されるのがふつうだ。だが、ここは通常レベルの真空空間だ。どうすればいい？　ミイラに触れる勇気はない。死体は分解できるだろうか？」

「死体にさわるな、ケモ＝マサイ！」トスタンが叫んだ。「それはロドニナの医療ロボットがやる。適切な方法で死体を運ばせる。ところで、船内の制御ポジトロニクスは作動しているのか？」

「わかりません。複数のボタンが点灯していますが、それがなにを意味しているのかは不明です。ハンマープレス砲撃は、中央船体の主エンジンに深刻なダメージをあたえましたが、左のアウトリガーの連結機器は損傷を受けていません。船はまだ操縦できる状態にある可能性があります。食糧や物資は見つかっていません。三人の乗員は必需品を使いはたしたように見えます」

「よし、くわしい調査を開始する」トスタンが決断した。「この型の重戦闘艦には通常、すくなくとも百人が乗船している。旧型のポジトロニクスは、乗員の手動操作での補助を必要とする。最初に死んでいった乗員は、おそらくすべて宇宙空間に廃棄されたのだろう。ミイラ化した三人のカルタン人は最後の乗員だったにちがいない。医療ロボットの到着を待て。そのあとスペース=ジェットで死体を運ぶんだ」

ジャニュアリー・ケモ=マサイは承諾すると、開いたハッチに向かって慎重に歩きだした。とはいえ、ここはもう安全といってよかった。

*

ロドニナ・コスナトロワは何重にも安全対策をとって、三体のミイラの検査をおこなった。微生物がもたらす危険を過小評価することはできない。

しかし、シントロニクスが出した分析結果は危惧するほどのものではなかった。三人のカルタン人の死因は感染症ではなく、窒息だった。およそ六百五十年前に、ある災害が猫型種族のカルタン人のあいだで起こったにちがいない。すくなくともその時期は疑いようがなかった。

ポージー・プースと専門家たちは、主コマンド・ポジトロニクスの調査をおえた。しかし、破壊をまぬがれた非常用電源の確認はまだだった。ハッチの開閉はできているため、それが機能していることは明らかだ。

トスタンはそれぞれの分野の責任者たちを司令室に呼んだ。《ツナミ＝コルドバ》艦内は完全に過密状態であるため、それ以上ひろい部屋は使えなかったからだ。カルタン人の長距離戦闘艦は超低速で恒星ヘラに向かって飛行しているが、到着までにはまだかなりの距離がある。このままいけば、恒星に衝突して炎上する可能性があった。

ポージーは計算ステーションをはなれると、トスタンのもとへ飛んでいく。スヴォーン人のポージーは未使用の医療シートの上に着地すると、必死でからだのバランスをとった。短い脚がマットにうもれて立っていられなくなると、キュウリ形のからだをうしろにそらして倒れた。

「スヴォーフォンからきた曲芸師？」トスタンが笑う。「冗談だよ、キュウ公。そのまま横になっていればいいい！」

ポージーは唇をかんで怒りをおさえながら、きょうこそはテラナーに礼儀を教えてやると決意する。

しかし、銀河ギャンブラーはポージーにそんな時間をあたえなかった。かれの関心は低速飛行をつづける異人の宇宙船だけにあったからだ。

会議では、トスタンらしい持論が披露される。よって、だれも驚かない。

「高性能の非常用電源システムはまだ稼働している。高エネルギー貯蔵システムも満タンで正常に機能している。よって、六百五十年のあいだに整備や部品の交換がおこなわれてきたことは明らかだ。船内にはつねに豊富な電力があったにちがいない。この解釈はあっているかな、アダム？」

ピッテンブルクがわざとらしい咳ばらいをする。

「えーっと、それは、一見して……」

「正しいのか、正しくないのか？」トスタンが問いつめる。

「留保つきで、正しいといえるでしょう」ハイパー物理学者がやんわりと訂正する。

「それ以外にも考えられる可能性があるからです。現段階では、まだなにも証明されていません」

「きみのような科学者が、イエスかノーかをはっきりいうほうが驚きだ」スキッパーが皮肉をいった。「だが、わたしはべつの見方もしている。エネルギーさえあれば、たとえ空気再生システムが故障しても窒息することはない！　酸素の豊富なヘラⅠかヘラⅡに避難すればよかったからだ。発見された死人はカルタンの最新の設備に守られていた。それなのに、なぜ猫型種族はあんな無残な死にかたをしたのだろう？」

トスタンの目が突然するどくなる。全員の顔を真剣に見る。

そこで、宇宙船を細かく分析していたアアロン・シルヴァーマンが結果を公表した。

「アリとわたしはコマンド回路をチェックしました。宇宙船は砲撃されるまでは飛行も攻撃も可能な状態にありました。エンジン制御履歴を確認すると、最近すくなくとも十回クロノパルス壁に突入し、ポジトロニクスによって破壊寸前のところでかならず引きもどされています。こんな高性能なシステムをもちながら窒息死は考えられません」

トスタンが意味ありげな笑みを浮かべて、またもや、かれらしい発言をする。

「そうした意見が聞きたかったんだ！　正しいかどうかは関係ない。いまは、なにをいっても推測でしかないからだ。あの宇宙船はヘラⅢからきたと考えていいだろう。そのどこかに、整備工場をそなえた基地があるはずだ。メンテナンスなしで六百五十年も飛びつづけられる宇宙船は存在しない！　そんな宇宙船があるというやつは科学技術の法則を知らないだけだ」

「だれもそんなことはいっていません」ピッテンブルクが反論する。「よりによって、なぜヘラⅢなんですか？　どうして空気も緑もない惑星なのですか？」

《ツナミ＝コルドバ》の艦内でトスタンのけたたましい笑い声が響きわたった。乗員はみなスキッパーの性格をよく知っているつもりだが、またしても驚かされた。次のような挑発的な発言は、危険をおそれない銀河ギャンブラーにしかできないものだ。

「なぜって？　〝その理由は、わたしも六百五十年前なら、あの星に行きついたかもしれないからだ！〟身をかくすには最高の星だと思ったかもしれない。そこにある資源で充分だ、とも。狂気の壁に突撃する最高のスタートポジションを確保できたと自負していたかもしれない。攻撃されても、大気の影響を受けずに反撃することができるんだ。高エネルギー兵器は大気を急速に加熱するからな。あと百の理由をあげようか、アダム？」

「もう、充分です」ピッテンブルクが不機嫌そうに答えた。「その考え方はわたしの知識を凌駕《りょうが》しています」

「それはきみの思いこみだ」トスタンがなだめる。「いまは、ただこう想像するしかない。マン・グロのようなカルタン人ならヘラⅢを基地に選ぶのが当然だ。ほかのヘラの惑星は肉や水や食糧の供給者にしかメリットがない。とりあえず、そう仮定しよう。まずは、一刻も早く戦闘艦の整備工場を突きとめるべきだ。それとも、船の整備はヘラの窪地以外の場所でおこなわれたのだろうか？　たとえばＭ‐３０とか？」

ロンベ・マッシモが即座に答える。

「それはありえません！　遠すぎます。これまでに観測された船と同じ方法でクロノパルス壁に突入しようとする者なら、だれでもヘラの窪地を基地に選ぶでしょう。六百五十年前、ここはまったくちがった環境だったにちがいありません。当時から、壁がこれほどまでに強固で、侵入がむずかしかったとは思えません」

「マッシモの見解は状況証拠をもとにした、わたしの推論とも一致します」シンタ・ラズロが口をはさんだ。そして、二台のモニターを指さす。そこには計算結果が表示されていた。

「この種の防御バリアをわずか数ヵ月で構築できる人はいません。技術的、経済的負担が限界を超えるほどの努力をしたとしても五十年はかかるでしょう。そうでなければ、二百年はかかるにちがいありません」

「そのとおりだ！」トスタンが叫んだ。「つづけてくれ！」

　シンタが次の結果を見せる。

「確率的にも、莫大な仕事量だったことがしめされています。なぜそれほどまでして壁を構築する必要があったのかは不明です。たしかなのは、クロノパルス壁が完成するすこし前までなら、カルタン人の部隊は銀河系へ侵入できたということです。アトランが想定したヘラⅢの発展段階もこの時期にあてはまります。この規模の惑星地下施設は、目的なしに、つくれるものではありません。正当な理由なしに、莫大な労力を投資する者はいないでしょう。当時、ヘラ星系は銀河系への出発点だったにちがいありません」

ラトバー・トスタンは医療シートのひとつに腰をおろし、そこからモニターにうつしだされた画像を入念にチェックした。

「なるほど」咳ばらいをしていう。「つまり当時、何人かのカルタン人が壁を突破した。けれども、ほかの隊員や艦隊が同じことをしようとしたとき、壁は突然封鎖された。狂気の放射線が放たれて船は爆発した。すると、カルタン人の脳のなかでは意識が分裂し、ポジトロニクスは誤作動を起こすようになった。アトランと科学者たちがそれを突きとめた。つまり、猫型種族とそのロボットは壁を突破しようとしたことで致命的な傷を負った」

「そうかんたんに話をまとめるべきでは、まったくもってありません！」ポージーが叫んで、大きな友を非難するように見あげた。

「理想主義者よ、事実として正しいことを話したまでだ」トスタンが不機嫌になる。「カタストロフィは一瞬にしてすべてを破壊するわけではない。破壊されずにのこるものもかならずある。その意味で、長距離戦闘艦はまだ修理可能だ。すくなくともひとつ、きょうまで正常に機能してきた大型の制御ポジトロニクスがのこっているはずだ。それがどこにあるのか、そして、なぜ、弱った乗員に酸素補給させなかったのかを知る必要がある」

「乗員をロボットと混同したんだよ！　ポジトロン脳がおかしくなったんだ」アリ・ベン・マフルがいつもの砕けた調子でいう。「その可能性もありますよね、スキッパー？」

　アリがトスタンからの返事を待つ。銀河ギャンブラーは医療シートから立ちあがると、船内服のコンビ・ベルトを引きあげながら自分のシートに向かって歩きだした。

「その可能性もある！　トブロン・ハーン、スタート準備を。ポージー、アトランにハイパーカムでメッセージを送れ。状況を説明するんだ。行く先はヘラⅢだ」

　ムラク・トブロン・ハーンがシントロニクスの論理プログラム編制にスタートの合図を送る前にアラームが鳴りだした。

　パノラマ壁面の大型スクリーンが点灯している。画面に表示された真っ赤な三角形が緊急事態であることをしめしていた。

「コルヴェット隊長よりハイパーカムで緊急メッセージ！」ロボットの声が響く。画面にうつしだされたテク・ファナスが興奮状態で話しはじめる。

「そちらでなにか起きましたか？　ハイパー周波数帯の指向性ビーム通信で、コード化されたシンボル群を受信中です。発信源は《ツナミ＝コルドバ》の位置と一致します。わが艇はいまヘラⅢの真上にいますが、そこから、たったいま、それに対する返事、いや、確認メッセージが送信されました。つまり、同じ周波数帯の指向性ビームが《ツナミ＝コルドバ》に向かって発信されたんです。わが艇はその指向性ビームからはずれているのですが……」

ファナスの言葉がトスタンの罵声にかき消される。内容は不明だったが、その声は艦内スピーカーから大音量で鳴りひびいた。

トスタンがブリッジに飛びこんでシートにすわる。艦長専用台のコマンド・ディスプレイが点灯する。キイボードをたたきはじめるやいなや、船体の奥深くでエンジンがうなりはじめた。それを見ていた乗員たちは与圧シートに向かって走りだした。

シントロニクスが、トスタンによって入力された数種類の複合コマンドから多数の回路を導きだす。これほどのスピードと正確さで、数百の同期オペレーションを実行できる人間はトスタンしかいない。同じことができるのは、いまのところ論理プログラム編制だけだ。

コントロール・モニターは目がくらむほど輝いている。そこに表示された情報を、乗員が理解するよりも前に、メタグラヴ・エンジンが重力場である仮想Gポイントを艦のはるか前方に投射した。

《ツナミ＝コルドバ》はそこに吸いこまれると、トスタンによってプログラムされた緊急スタートの指令値に合わせて動く。

艦は即座に、半停止状態から、八百五十キロメートル毎秒毎秒まで加速する。エンジンと推力吸収装置の動作環境はすべてモニターに表示されていた。

からだを固定するのが遅かった乗員は、突然生じた四～五Gに相当する慣性力によって床に投げだされた。高性能のシントロニクスさえも、つねに完璧に制御ユニットをコントロールできるわけではない。

球型胴体の揺れも、メタグラヴ駆動の副作用のひとつだ。推力吸収装置には最大の負荷がかかっている。操作説明書にかかれた〝災害時に短期的に生じうるレベルの力〟を突然受けたのだ。

警報が鳴るやいなや、《ツナミ＝コルドバ》ははげしく揺れ、乗員同士のコミュニケーションは不可能な状態におちいった。

シントロニクスは即座にインターカムのスイッチをオンにする。シートに組みこまれた通信機器から乗員のうしろ耳に直接音が伝わるようになる。

ここまでくると、どんな説明も不要だった。トスタンが《ツナミ＝コルドバ》の飛行速度を限界まで引きあげた理由を知らなかった者も、全周スクリーンにうつしだされた燃えさかる炎を見てそれを理解した。

炎は急激に膨張し、スタートしたばかりの艦に到達して艦体をのみこんだ。

ガスの圧力波が急加速する鋼艦の進路を妨害する。突然生じた横方向の推力は、推力吸収装置によって部分的に吸収された。吸収されなかった推力は、シントロニクスが艦の進路をガスの流れに順応させることで抑制した。

アリ・ベン・マフルは自分が左方向に引っぱられるのを感じる。アアロン・シルヴァーマンの頭が突然肘かけの上にあらわれて胸にぶつかり、また消えた。乗員のだれもがはげしく揺さぶられてシートにすわることもできない。

しばらくして、ベン・マフルは安堵した。ようやくすわることができたからだ。シートベルトの締まる音を聞いてため息をつく。いっぽう、シルヴァーマンは、まだバランスをとるのに必死だった。

艦内ではいたるところで同じような光景が見られた。トスタンがとった処置はあまりにも急だったからだ。

外では、灼熱の爆風がパラトロン防御バリアを突きやぶり、その破壊的な力の一部が球型胴体にも伝わってくる。

アリ・ベン・マフルはこの短い時間のあいだに、トランスフォーム爆弾がどのように作用するのかを身をもって体験した。今回の場合、緊急スタートによって艦の破壊はまぬがれた。超高温の爆心地との接触を回避することができたからだ。膨張するガスの塊りは即座に熱エネルギーを真空に放った。その破壊力は急加速した艦内でも感じることができた。シントロニクスによる防御バリアがなければ《ツナミ＝コルドバ》は破滅していただろう。

おそろしい轟音《ごうおん》がおさまるまで四十秒かかった。吸引力を極限まで高めた仮想Gポイントは、メタグラヴ・エンジンから受けとるエネルギー量をしだいに減少させていく。そしてついに、シントロニクス結合体が電力供給を停止した。艦を加速させていた重力場は消滅した。

ツナミ艦のはるか後方にひろがる暗黒宇宙に人工の火の玉が浮かんでいる。その強大な灼熱の玉からは、太陽の紅炎に似た炎が立ちあがっている。

突然の静寂は、轟音に劣らず耐えがたい。それを打ちけすかのようにトスタンが大声をあげた。

「生きのこった諸君、おめでとう！　まだ急加速した理由がわからない、なんていう者はいないだろうな？」

「そんな冗談はいま聞きたくありません」ロドニナ・コスナトロワの怒りの声がスピーカーから聞こえた。「乗員十一人が負傷しています。格納庫に入れられたスペース＝ジェットからようやく連絡が入りました。医療ロボットがこちらに向かおうとしています。この緊急封鎖はいつ解除されるのですか？　それとも、医療ロボットはハッチの鋼を破ってなかに入るべきですか？」

アリ・ベン・マフルが友人のシルヴァーマンを立ちあがらせた。若い技術科学者はうめき声と罵声をあげながら関節をさする。

「ケガはないか？」アリが心配そうにたずねる。「老艦長は命を救ってくれたかもしれないが、骨折はいただけない。ここが痛いのか？」

「手をはなせ」アアロンが抵抗する。「そのとがった膝で、おれの腎臓をどうするつもりだったんだ？　それが無力な友にすることか？　おい、おれの足にさわるな！」

「足だって？　あれ、おまえの足になにかついているぞ。なんだ、スヴォーン人のキュウリじゃないか。おい、ちび、笑ってみろ？」

ポージー・プースは笑うことも泣くこともできない。気絶していた。よって、かけつけた医療ロボットに引きわたされた。

「スヴォーン・プログラムをオンにしてくれ！」衝撃フィールド上で上下に揺れているロボットに向かってアリが叫んだ。

ラトバー・トスタンは冷静にそのようすを見ていた。ロドニナ・コスナトロワは艦内のだれよりも忙しそうにしている。

ロンベ・マッシモはアダム・ピッテンブルクをシートにすわらせると、かんたんな検査をした。アダムの発言から判断すると、大きなケガはなさそうだ。

医療ロボットが全員の診察を終えるまでには時間がかかった。司令室からは女性ふたりと男性三人が艦内クリニックに運ばれた。

「すまなかった」トスタンがようやく口を開いた。「急加速について説明する時間はなかった。瞬時の判断を要した。これからは、迅速にシートベルトを締められる準備をしておいてくれ」

「シートベルトが近くにあればそうしますよ！」ピッテンブルクがいう。「ところで、ファナスがキャッチした無線シンボルが戦闘艦の自爆の合図だと、どうしてわかったんですか？」

「直観、本能、テケナー訓練の成果、あるいは、ほかのなにかが役だったのかもしれない」とトスタン。「わたしは人より早く大事なことに気づく。結局、あの船は空飛ぶ爆弾だったのだ。最終兵器だ。緊急メッセージがなければ、この艦は燃えつきていただろう。なあ、シンタ、そうだろ？」

トスタンが右下を見おろす。髪をまとめている最中のシンタが無愛想《ぶあいそう》にうなずいた。

「きみはすばやくシートに着けたようだな」スキッパーがつづける。「最初に、謎の戦闘艦が無線でメッセージを送ったというのは本当なのか？」

「ファナスがそういっていたじゃないですか。ヘラⅢはそれに応答した、と。結論はかんたんです。助けをもとめたカルタンの宇宙船に対して自爆インパルスで応答した司令部がそこにあるにちがいありません」

「六百五十年後にようやく応答したのか？」トスタンがいぶかしげにいう。

「爆発したんですから、そうなのでしょう」シンタがいら立ちをかくさずにいう。「こここに分析結果があります。爆発は四千ギガトンのトランスフォーム爆弾のエネルギー量に匹敵します。実際に、トランスフォーム爆弾だったのかもしれません。〝場合によっては、その犠牲になっていた〟といってもいいのではないですか？」

トスタンが長い咳をする。やせ細ったからだが震えている。それを見たシンタはすぐに責める気をなくした。

「すみません、いいすぎました」発言を訂正する。「われわれはなにを見のがしていたのでしょう。ワラビーたちがはげしく抵抗するのなら、すぐにフェニックス＝１の集合ポイントにもどるべきです。ヘラの窪地には危険しかありません。過去についての発見を現状にあてはめたところで、歴史に対する興味以上のものは生まれないと思います」

「まったく同感だ」副艦長が口を開いた。かれが緊急事態のあとに発した最初の言葉だった。

トスタンは咳がおさまるまで副艦長をにらみつづける。

「ムラク・トブロン・ハーン、いいたいことはそれだけか？」銀河ギャンブラーは目を伏せたまま声にならない声でたずねた。

トブロン・ハーンが右を向く。その姿勢はかたい決意をあらわしていた。

「わたしの気持ちを感じていらっしゃるのですね？　では、いいます、スキッパー。シンタがひそかに、あなたと運命をともにする志願者を募っているという噂がひろまっています。なので、彼女と話をしました」

「それで？」

「志願者はひとりもいません。ATGフィールドを使ったとしても無理です！　この方法では成功しないとみな確信しています。ただし、乗員は現行の労働契約規定の範囲内であなたの指示にはしたがいます」

トスタンは長いあいだ黙っている。そのあいだにシンタは、進入口の前にいるコルヴェットTC＝K5の艇長に現状報告を送信した。かれは指向性ビーム通信で《カルミナ》に乗船するアトランと直接コンタクトをとることができた。

こうして、アトランはふたたびトスタンに非常識な試みを中止するよううながすことになった。《ツナミ＝コルドバ》が破壊寸前におちいったことが警告する正当な理由になった。

「アトランのいうとおりだ」数分間の沈黙のあとにトスタンがいった。「きみたち同様、かれにも、わたしの真の動機は見ぬかれている。正直なところ、ヘラの窪地にはほとんど興味がない。ただ、クロノパルス壁を突破したいだけだ！　もちろん、最終的な破滅にきみたちを巻きこむつもりはない」

「それは自殺と同じではないですか！」ムラク・トブロン・ハーンが語気を強めていった。

トスタンは冷静な表情でかぶりを振る。

「いや、すこしちがう！　まだチャンスはあるとわたし自身が確信しているからだ。そうでなければ、この大切な艦をこんなところまで飛行させたりしない。そのことだけは、信じてほしい！　たしかにこのゲームはリスキーだが、いくつかの切り札を用意している！　ヘラⅢに飛んで、そこでジョーカーを見つけたい。そうすれば突破が容易になるかもしれない。わたしの力になってくれないか？」

《ツナミ＝コルドバ》の乗員はそれ以上反論しなかった。それはアトランにも報告された。

テラナーを乗せた艦はふたたびスタートする。　目的地はヘラ星系の第三惑星だ。

5

《ツナミ＝コルドバ》は数時間前から完全戦闘態勢に入っていた。防御バリアが構築され、新型のボウル型捕捉バリアは優先反応に切りかえられている。

トランスフォーム砲塔は、ヘラの第三惑星のすぐ近くでは補助的な役割しか果たせなかった。大口径のトランスフォーム砲を使用すれば、その一撃でこの惑星を破壊してしまうからだ。

ラトバー・トスタンは必要以上に危険をおかすつもりはない。それが無意味なことは、トリマランの爆発事件で明確になったからだ。

TC＝K1は、コルヴェット隊隊長テク・ファナスの指揮のもと、当初の観測軌道を維持していた。

ファナスはコード化されたシンボル群が送信された惑星区域を突きとめた。そのどこかに送信機があるにちがいない。

《ツナミ＝コルドバ》の探知システムは何時間も稼働しつづけている。ハイパー無線局の位置の特定はかんたんだと考えていた乗員はみずからの誤算にようやく気づく。

無線局の設置者は、ヘラの窪地の不安定な状況を知りつくしていたようだ。あらゆる技術を駆使して、その位置が外部から特定できないようにしたのだろう。

不毛の惑星の夜側半球のいたるところで、エネルギーの放出が検出された。それはワラビーが深い峡谷を抜けて宇宙空間に飛びたつときにかならず発生するものだ。

トスタンはワラビー船に対する興味をなくしていた。それらの船は、もはや機能不全におちいった中央回路の意味不明な命令にしたがっているだけだからだ。その回路が、目下探しているハイパー無線局と同一のものだとは考えられなかった。

アトランは以前より積極的になっていた。窪地の入口前で待機しているコルヴェットを中継基地にし、ツナミ艦の乗員と多くの仮説を共有し、《ラクリマルム》に乗船している科学者にそれらを分析させた。

アトランの船は球状星団M-３０とヘラの窪地のあいだに停泊している。現段階では、〝頑固な〟ラトバー・トスタンにすくなくとも援助の手をさしのべようとしていた。

銀河ギャンブラーはアトランが協力的なことを確認すると、笑みを浮かべて「古代戦士が最強の男を見すてることはない」と、声高《こわだか》にいった。

トスタンが唯一の最強の男なのか、それとも最強の男のなかのひとりなのか？　それを知りたいと思う乗員はいなかった。ほかに考えることが多くあったからだ。

十五時に、リンド・クラヴソンからふたたび連絡が入った。ハイパーカムは正常に機能している。ときどき発生する障害はヘラの飛び地のエネルギー環境に起因していた。

「TC＝K5よりリンド・クラヴソン。スキッパー、ニュースです！」コルヴェットの艇長がいった。かれの赤い無精髭は搭載艇の司令室の暗い背景のせいで輝いて見える。「アトランはクロノパルス壁の開口幅をはかる、新しい測定方法のテストをおこなっています。《ラクリマルム》のインテリ集団がその方法を確立したそうです。すばらしい！」

「それのどこがすばらしいんだ？」トスタンが不機嫌そうにいった。

　クラヴソンは笑うのをやめて真剣な表情を見せる。

「《カルミナ》の探知システムでは、超高周波の、純度の高い光線を使って開口幅を測定します。窪地の入口の外縁部に微弱なエコーを発生させて計測するのです。よって、そのほかの壁の部分を刺激することはありません！」

「なるほど。それだけか？」

　クラヴソンが肩をすくめた。

「とはいえ、アトランは警告しています。窪地のエネルギーバランスが変化した時点で、その測定方法は使えなくなる、と。それを伝えるようにいわれました。現在、開口幅は三十光分。状態は安定しています。測定結果は淡いブルーの楕円としてアトランのモニターにうつしだされます。毎回ゾンデを発射して測定するよりは確実にいい方法です。ゾンデの台数はかぎられていますから」

トスタンは報告の礼をいうと、通信スイッチを切った。そこで、ロンベ・マッシモが口を開いた。

「その方法は長くは使えないでしょう。アトランもそうほのめかしています。ある時点で、クロノパルス壁がエコー・パルスに反応するにちがいありません。それが飛び地の封鎖につながるかもしれません。飛び地は封鎖後どうなるでしょう？　壁のエネルギー形態に同化してしまうのでしょうか？」

「もしそうなら、壁に接触したことのない知性体が精神錯乱におちいることも納得がいく」そう答えてトスタンは訂正した。

「あるいは、精神錯乱におちいる可能性があることも納得がいく、だな！　ここではまだ、だれも精神錯乱にはおちいっていないからな。シンタ、あらたな結果はあるのか？」

チーフ・シントロニカーは何時間も特殊プログラムと格闘していた。《ツナミ＝コルドバ》のシントロニクスは多数の分析をおこなっている。シンタの仕事は、分析結果をもとに信頼性の高い予測を立てることだった。

シンタの前に新しいホログラムがあらわれる。無数のマークと点滅するデータが予測のむずかしさを物語っている。

ヘラⅢは直径九千キロメートルの大気のない岩石惑星。日中は灼熱の陽に照らされるが、夜は氷点下二百十度まで下がって氷におおわれる。険しい山々と無数の峡谷と植物のない岩場が特徴的だ。

アトランの調査隊が目撃したクトル・ロボットは姿を消していた。ロボットが出現したという峡谷は、ハイパー通信機があるとテク・ファナスが主張する区域から数千キロメートルはなれていた。

「あらたな結果はありません」シンタ・ラズロがトスタンの質問に答えた。「ヘラⅢはさまざまな種類の鉱物からなる惑星です。大規模な鉱脈がないところでは、岩のなかに非常に多くの包有物が見られます。そのせいで、探知システムが天然の鉱脈とそこにあると推測される通信機を区別できません。熱センサーは、百九十度という極端な日中の気温のせいで誤作動を起こし、つねに異なる測定値を送ってきます。排出ガスの測定値は充分とどいていますが、そのガスが観測装置の走行によって発生したものなのか、化学反応によって発生したものなのかは定かではありません。夜側半球では、空中の熱エネルギーの膨大かつ急速な放出が観測を妨害します。正しい計測はむずかしいといわざるをえません」

トスタンが全周スクリーンに目をやる。そこには変化にとぼしい映像しかうつしだされていない。ツナミ艦は昼側半球の上空にあった。反射率の高さを見るだけで、鉱脈がいかに大きいかがわかる。惑星は異常に高いレベルで光を反射していた。

「上陸部隊を派遣したいが、探すべきものがわからないなんて、おそまつなことだ」アリ・ベン・マフルがつぶやく。インターカムのスイッチを切っていなかったので、そのつぶやきは全員に聞こえてしまう。

トスタンが咳きこむ。本当は、アリの失態を笑いとばしたかったが、「失礼」と、いって咳をした。咳きこんだあとの声は聞きとりやすくなっていた。

「敵はハッタリをかましているのかな？」トスタンがアリにたずねた。

「もし、敵が存在するなら、そうかもしれませんね！」アリが疑念をぶつけた。

ラトバー・トスタンは全周スクリーンの下にすわっている男に向かってうなずく。

「いいぞ、よくいった。きみがこの遠征に連れてこられたわけは、すでにストレンジネス・ショックを受けにくくなっていたからだ。きみの目的はさておき、教えてくれないか。もし、きみが艦長なら、いるかどうかもわからないハッタリ野郎に対してなにをする？」

トスタンが細い首を伸ばす。期待をこめて若いテラナーを見つめた。

「敵は、わたしから絶対的信頼という幻想を奪いました」アリの声は震えている。「わたし……わたしは……あなたが問題を解決してくれると信じるしかないんです。こんなに寛大になったことは、これまで一度もありません！」

トスタンが笑う。その笑い声はよく響いた。

「信頼してくれてありがとう。トブロン・ハーン、MVH砲塔3の発射準備を。目標はファナスが送信機を検知したエリアだ。インパルス砲撃を使用。ハッタリを終わらせて、手の内を明かさせるぞ。撃て！」

＊

ジャニュアリー・ケモ＝マサイが罵声をあげて、スペース＝ジェットを危険地帯から遠ざけた。十六時に十機の円盤型戦闘機で出動したのは、着弾現場を至近距離から調査するためだ。しかし、《ツナミ＝コルドバ》の火器管制シントロニクスに少々振りまわされていた。

シントロニクスは多連装高エネルギー砲でインパルス砲撃を三連射して、燃えさかる着弾地の前後左右の岩盤に割れ目を入れた。

つづけて分子破壊砲撃で岩石を砕き、破壊した。

「なにやってんだ！」与圧ヘルメットをかぶったケモ＝マサイが耳のうしろにあるマイクロカムに向かって叫んだ。TSSのピコシンがマイクロ＝スクリーンバーに赤い警告マーカーを点滅させている。

　陽気な声で返事がきた。

「火器管制シントロニクスが、おまえさんの針路を考慮しなかったとでも思っているのか？　おちつけよ、ジジイ」

「テラの海賊野郎、次はおまえを潤滑油として使ってやるからな！」ケモ＝マサイが怒る。スペース＝ジェットは暗黒の空間に向かって急降下する。「さっきのは間一髪だったぞ。もっときちんと制御してくれ。シントロニクスでもミスはする。自分のビーム砲撃で自滅するのはごめんだ」

「ビーム砲撃は、おまえのものではなく、われわれのものだ、オヤジ！　おれの先祖が海賊だった証拠はない。ほら、もう危機は脱した」

　あちこちで笑い声が聞こえる。アリ・ベン・マフルの先祖が海賊だったという話はスキッパーのつくり話だった。

「無線通信上ではしずかにしろ」トスタンの声がスピーカーから聞こえた。「分子破壊砲撃にやられそうになったのか、ケモ＝マサイ？」

「ええ、危機一髪でしたよ！」

「ポージーが自動火器管制システムを制御するから、もとの位置にもどってくれ」

　ケモ＝マサイが承諾するやいなや、母艦のシントロニクスが警報を鳴らした。

「高エネルギー放出を検知！　位置は燃焼クレーターの北側。目撃されたワラビーの散乱波とは異なる周波数。エネルギー放出は拡大中」

ケモ＝マサイが耳をそばだてる。その報告はかれが操縦するTC＝J1にもとどいていた。

機体を大きく旋回させて、《ツナミ＝コルドバ》のMVH砲によってできた人工火山に向けて進路をとる。

灼熱の炎は岩盤を深さ一キロメートルまで侵食していた。命中弾がつくったその窪みからは溶岩が噴出している。そのしぶきは急速に冷却されると、惑星の重力に引っぱられて地面に落下した。幅三百メートルの火山の開口部は拡大しつづけている。ゆっくりと斜面を流れる溶岩が巨大な溶岩流に合流する。

ケモ＝マサイは、探しているハイパー無線局はここにはないと確信していた。いっぽう、トスタンは予測地点に近づきすぎないよう注意していた。

「低空飛行中のすべてのスペース＝ジェットに警告」トスタンがいう。「探査エリア上空に防御バリアが形成された。観測データが得られるまで進路変更し、そこからはなれてくれ。ケモ＝マサイ！」

「はい、スキッパー」

「二十五平方キロメートルの区域を分子破壊砲撃でたいらにした。燃焼クレーターは地理極にある。バリアのまわりを飛べ。きみひとりだけで！　わたしのモニターに近接映像を送ってくれ。おそらく防御バリアは透明だ。やってみろ。慎重にな！」

「了解、《ツナミ・コルドバ》。ケモ＝マサイからジェット乗員へ。TSSスーツは閉じたまま。防御システムは自動発動にセット。安全な距離をたもて。前方、北方向からバリアが出現。わたしが地上プロジェクターの位置を確認する。艇内シントロニクスは自動プログラムに変更を。以上」

十機の円盤型戦闘機がコースを変更する。シントロニクスの自動プログラムが艇を誘導した。

《ツナミ＝コルドバ》の大型スクリーンに惑星の全体像がうつしだされる。球型艦は惑星の地表から千三百キロメートル上空にあり、そこからすべてが見わたせた。

シントロニクス結合体が突然、大量のデータを提供する。分析と確率計算があまりにも急速におこなわれたため、テラナーの頭脳では処理しきれない。

《ツナミ＝コルドバ》に乗船している専門家は経験豊富だが、ある程度時間をかけなくては最重要事項を把握することすらできなかった。

そして、完璧なサプライズが起こった！　これを予測できた者がいたとすれば、すぐれた論理的思考力をもつラトバー・トスタンをおいてほかにない。それは遺伝子改変された大脳のなせる業だった。

なんと突然、声が聞こえてきたのだ。その声は低くとぎれがちだが、よく響いた。トスタンはシートの背もたれを半分起こして前方を見つめる。顎をさげてその声に耳をかたむけた。

シンタは興奮してトスタンに話しかけようとするが、耳をすませている姿を見て言葉をのみこんだ。

声の主はハンゴル語を話していた。それはハンガイ銀河で使われている人工言語で、慣用句の乱用によってカオスと化したハンガイ住民の言語を統一するためにつくられたものだった。

トスタンはポージー・プース同様、ハンゴル語が堪能だ。ふたりはグリゴロフ事故後にハンガイ銀河でそれを学んだ。

「古い、とても古い！」トスタンがインターカムに向かってつぶやく。「七百年前と同じ。なにも変わらない。静寂を妨害するな。シントロニクスは、記録し、分析する」

それは象徴的な言葉の羅列だった。それにつづく言葉もまた驚くべきものだった。

「球型艦を呼びよせる。識別せよ！」

その命令がなんどもくりかえされる。スクリーンに画像はうつしだされていない。謎の人物は音声だけでなにかを伝えようとしていた。

司令室の主シントロニクスからトスタンあてにあらたな報告が入る。

「分析結果が出ました。先ほどのハンゴル語は、カタストロフィ以前のハンガイ標準語と一致します。メッセージに応答しますか？　その場合は、メッセージを直接入力するか、シントロニクス論理回路に指示をあたえてください」

　トスタンはすぐに行動にうつす。決心が強いことが見てとれた。それだけではない！艦長はほかの乗員よりもずっと多くのことを知っているように見えた。最優先回路のセーフティ・カバーが開く。トスタンはてのひらを個人識別用パネルにあてた。

　シントロニクス結合体の応答が赤く光る文字でモニターに表示される。

最優先命令！　艦長が全責任を負う！

　浮遊マイクのエネルギー・スパイラルが近づいてくる。トスタンは慎重に自分の席につくと、ハンゴル語で話しかけた。

「こちらはラトバー・トスタン、球型艦《ツナミ＝コルドバ》の艦長だ。出身はメエコラーの銀河系、ソル星系のテラ。ハンガイ銀河の第四クオーターからここにきた。帰還時に、停滞フィールドの影響を受けた。カルタンの友たちからは〝毛なし〟や〝生きている死体〟と呼ばれている。わたしを呼んだのはだれだ？　この球型艦の外壁に見おぼえのあるサインを見つけた者は？　わたしの全身写真を送る。もし個人識別記録が保存されていれば、比較分析をしてほしい」

トスタンが浮遊マイクを横に向ける。ジャニュアリー・ケモ＝マサイから惑星表面にもメッセージがとどいたという報告が入ったからだ。そこにはほかのスペース＝ジェットは形成された防御バリアの構造亀裂を発見した。そこにはアンテナが出現していることがわかった。

《ツナミ＝コルドバ》は砲撃を延期する。命中弾によってできた燃焼クレーターは、ドーム型エネルギー・バリアの外側にあった。

トスタンは辛抱強く返事を待つ。まるで艦内には自分しかいないかのように、司令室の乗員の焦《あせ》りを完全に無視する。

アリ・ベン・マフルがいら立ちをおさえきれなくなって質問しようとすると、銀河ギャンブラーがすぐに制した。

「忍耐は成功者の強力な武器だ。がまんしろ！」

アリ・ベン・マフルはふたたびシートに腰かけた。アアロン・シルヴァーマンがなだめるような視線を送って深くうなずく。

その十分後、謎の人物がふたたび口を開いた。《ツナミ＝コルドバ》のシントロニクスはすでに、すべての重要データを集めて分析し終わっていた。全周スクリーンには分析結果が出たことをしめすマークが点灯している。けれども、トスタンはそれを確認しない。

いまは謎の人物からのメッセージのほうが重要だからだ。

「個人識別は留保つきで認証した。ラトバー・トスタン艦長が直接司令室に出向けば、比較分析が可能だ。〝毛なし〟という言葉はすでに保存ずみだった。防衛システムのロックを解除する。光るシンボルに注意を向けてほしい。護衛はできない」

声の主はそこで話をやめる。トスタンの質問には答えてもらえなかった。そこで、ケモ＝マサイからアンテナが格納されたとの報告が入った。

トスタンが最優先命令を解除すると、シントロニクスが即座に反応した。

「総合評価を報告します。防御バリアはカルタン製の高強度・高エネルギー重層バリアであることが確認されました。よって、カルタン製のサーモ砲が使用される可能性があります。メッセージの声は低品質のポジトロニクス・ロボット様装置から出ていました。カルタン人男性の声が使用されています。艦長が異人のポジトロニクスの影響圏内に足を踏み入れることは非常に危険です。なぜなら、そのポジトロニクスはトリマラン＝戦闘艦の爆破命令を出した回路ユニットと同じものだからです。非論理的な指示を出すことが予想されます。護衛ができないというのは、複数の回路エリアが損傷を受けている証拠です。ポジトロニクスはもはやロボット部隊の指揮をとれない状態にあります」

シントロニクス結合体は、基本的な調査結果をくわしく説明した。提示されたデータは整合性がとれている。

トスタンは冷静に説明を聞いた。シントロニクスが報告をおえると乗員のひとりが発言する。首席艦医のロドニナ・コスナトロワだ。

「四三八年のハンザ条令第十七条にもとづく守秘義務を破ります」と、声高にいった。銀色に輝く白髪が額にはりついている。動揺しているようだ。

「艦の安全に関する報告をいたします。医学的に見ると、スキッパーは危険な任務を遂行できる健康状態にありません。敵である大型ロボットの行動は予測不可能です。よって、スキッパーの試みは非現実的です」

「ロドニ、いいたいことはそれだけか？」トスタンはたずねると、ひどく咳きこんだ。

「それだけです！　防護服を着ると、通常の環境よりも大きな負荷がかかります」

ラトバー・トスタンは立ちあがると、周囲を見まわす。ブリッジのうしろに戦闘服に身をつつんだ大男がいるのに気づいた。

ロナルド・テケナーの特殊部隊〝自由狩人〟に所属していたテラナー、ユーリ・カッチェンコがTSSを装着していた。それはツナミ・スペシャル・セランの最強ヴァージョンで、頭と首の両方をつつみこむヘルメットはひろい肩の上で折りかえされていた。

大男は無言でブリッジを見あげる。

「あの狩人が見えるか？」トスタンが笑いながらいう。「見えるか、ロドニ？　この男はわたしの頭のなかにある計画を見ぬいた。よって、ここで正式にきみに委託する。わたしのTSSの医療システムを現在の健康状態に合わせて調整してくれ。ストレンジネス・ショックに対する投薬はいらない。空いたスペースは防衛装備のために使ってくれ。投薬よりも重要だ」

ロドニナは狩人が画面を確認しているのを見る。善意の議論はもはや終わりというわけだ。トスタンは真相を究明する覚悟を決めたのだ。

通信スイッチを切ろうとするロドニナに銀河ギャンブラーがいう。

「ロドニ、きみの誠意を疑うつもりはない！　どうしてもクロノパルス壁を乗りこえるために必要なジョーカーを見つけたいのだ。なぜ、わたしがあんなにも古いポジトロニクスを砲撃で刺激したと思う？　まだ機能している自己保存プログラムがあるのなら、かならず反応があると思ったからだ。最初から砲撃しようと考えていた。それは認める。なにもしないよりはましだから」

ロドニナ・コスナトロワはなにもいわない。彼女のかわりに、ハイパーディム物理学者のロンベ・マッシモが口を開いた。

「ピッテンブルクといっしょにこの件について考えました。もちろん、あなたの挑戦をじゃまするつもりはありません！」

マッシモは謙虚さをしめすために両方のてのひらを見せると、話をつづける。

「アトランが目撃したクトル・ロボットはカルタン人が製造したものですが、もはやポジトロニクスの管理下にないことは明らかです。だから、ロボットによる護衛が拒否されたのです。カルタン人がいなくなったあと、つまり、何世紀も前に、ほかの知性体がヘラの窪地に侵入したはずです。ここではげしい戦闘があったにちがいありません。破壊されたあとの生きのこりがあなたに接触してきたのでしょう」

「生きのこりか！」トスタンは感心してくりかえす。

「それしか考えられません」アフロテラナーが断言する。「ポジトロニクスは、あなたの不明瞭な個人データでさえ留保つきで認証しました。それは、記憶データがアクセス可能な状態にあるからです。スキッパーはハンガイ銀河に最初に滞在したとき、数多くの有力なカルタン人に会ったとうかがっています。そのうちのすくなくともひとりは何世紀も前にここにいたにちがいありません。その人物はあなたがここにくることを漠然と予期して、その個人データを保存したにちがいありません。そう考えると、挑戦してもいいかもしれません。結局、だれもあなたをとめられないのですから」

ロンベ・マッシモはため息をついてクッションにもたれかかった。ラトバー・トスタンはうなずくと、ハッチに向かって歩きだす。そして、すぐに立ちどまると振りかえった。羊皮紙のような凹凸《おうとつ》がある眉間にしわをよせるのは無理だったので、動作で不満を表現した。

「キュウ公、ベン・マフル、シルヴァーマン。なんで、まだ操縦ステーションにいるんだ？　ユーリがきみたちのために特別装備を用意する。まず食事をして、数時間の睡眠をとれ。体調万全でわたしを護衛しろ。トブロン・ハーン、小型宇宙グライダーのスタート準備を。大型艇はほかの任務のためにとっておけ」

生きている死体、ラトバー・トスタンはハッチから出ていった。

アアロン・シルヴァーマンが立ちあがり、背筋を伸ばして操縦桿《かん》を切りかえる。

「予感的中」陰気な顔でつぶやいた。「特別装備だってよ！　詐欺師ギャンブラーはなにをたくらんでいるんだ？　なんで、おれはこんなテラナーと労働契約なんか結んじまったんだろうな？」

突然、アアロンの顎の下からアリの天然パーマの頭が出てきた。

「海賊の子供が大の男になんの用だ？」アアロンは顔をしかめて下を向き、文句をいった。

アリ・ベン・マフルは二本の指をアアロンの腹のまんなかに突きたてた。その表情は険しい。

「オヤジ、なぜ本心を否定するんだ？　トスタンと任務を遂行することは、マッシモのポケットからほんもののテラ製シロップをくすねることより大事なことじゃないか。おれの目はごまかされないぞ。しゃがれ声の艦長の言葉を理解できるのはおまえしかいない。そのためにそのバカデカい耳はあるんだ。さあ、いっしょに、あの瀕死《ひんし》の男を守ろうじゃないか」

「瀕死だって？　あんな状態の男でも、緊急事態が起これば即座におまえに対処法を教えてくれるだろうよ」アアロンが予言するようにいう。「さあ、急げ！　おまえのソバ粥《がゆ》が煮えたぎっているぞ。キュウ公がハッチをつっきっていっちまったぞ。あぶない。環境適応戦士があんなに急いで！　カエル足を折ったりしていないといいんだけどな？」

シンタ・ラズロがふたりの若いテラナーを見つめる。ふたりが大口をたたきあうときは、いつもきまって決意をかためたときだった。

ふたりは自分たちの心理が周囲から見透かされていることに、まだ気づいていない。

いっぽうロンペ・マッシモは、大切にしていたメープル・シロップをぬすんだ犯人をようやく知ることができた。

6

TC＝V1は透明な丸屋根がついた、ヒラメのようにたいらな輸送艇だ。良好な視界と操縦性とシートのすわり心地のみを重視してつくられている。それ以外の快適性は輸送艇には必要ないからだ。

この型の輸送艇は、その名のとおり輸送だけを目的にしている。最高速度は光速の半分で、メタグラヴ・エンジンは内蔵されておらず、有毒ガスを排除するための衝撃バリアが搭載されているだけだ。

大きさは《ツナミ＝コルドバ》の乗員が利用するには理想的だった。

一一四三年七月九日、午前三時。コルヴェットの格納庫の上部にあるちいさなエアロックの排気が終わった。開いたゲートの端からは、三日月のようなかたちをしたヘラⅢが見える。惑星の昼半球は入射光を強く反射して、格納庫の一部を明るく照らしている。そのすぐ隣りでは、宇宙の闇がひろがっていた。

アリ・ベン・マフルがアアロン・シルヴァーマンのうしろについて輸送艇に向かう。

ヘルメットは閉じられ、ピコシンがTSSの全システムを自動制御している。

アアロンが立ちどまって、開いた透明な丸屋根とその下にある座席を見た。

「ありえない！」不満をあらわにする。「エアロックすらないなんて。スペース＝ジェットでいったほうがよくないですか、スキッパー？」

トスタンはすでに操縦席にすわっていた。ユーリ・カッチェンコは開いたハッチの横に立っている。目の前には光に照らされたたいらなひろい空間があるだけだ。

「宇宙ハンザの豪華ヨットはどうだ？」トスタンが皮肉をこめてたずねた。「ヒラメにのれるとは贅沢なことだ。重火器は貨物室に入れろ」

「実用的にもほどがあります」アリ・ベン・マフルが文句をいう。「惑星に着陸して攻撃されたら、わざわざ貨物室までいって、武器をとり出すのですか？」

「のれ！」トスタンが命令する。「おまえの祖先の海賊は、これと似たようなヒラメ船でテラの死海を航海して他人を殺しまくったんだ。アアロンは隣りにすわれ。急げ！」

シルヴァーマンは長くてあつかいにくいコンビ銃を貨物室に入れながらつぶやいた。

「死海が死んだ理由がようやくわかった！　悪党どもに耐えられなかったんだ」

ラトバー・トスタンがほほ笑む。シルヴァーマンの言葉が緊張をほぐしてくれたからだ。

全員が船にのりこむと、ユーリ・カッチェンコが丸天井を閉めた。

「施錠完了！」ユーリがそっけなくいった。

「発信準備は完了しましたか？」ムラク・トブロン・ハーンのいら立った声が響いた。「そちらは楽しみすぎじゃありませんか。アトランは一瞬たりとも気が抜けない状況にあるというのに……」

「古代の細胞活性装置保持者は心配性なんだ」と、トスタン。「なにが本当に死海を死なせたのか考えてみてほしい。シルヴァーマンの仮説は興味深い。輸送艇、発進準備完了。スタート」

陽光に照らされた艇体が湾曲した巨艦の側面から飛びだした。

トスタンは惑星への飛行をシントロニクス自動装置にまかせると、探知システムのスクリーンを凝視した。

当然のことながらスクリーンは小型で、大型のものとくらべると性能は劣るが、役割は充分にはたす。無線通信は艇内の装置を介さずに、戦闘スーツに内蔵されたマイクロカムでおこなわれた。

輸送艇は惑星を一周するとすぐに降下をはじめた。ふたたび昼半球に入ると、西方千キロメートルの地点に光輝くドーム型のエネルギー・バリアが見えた。

充分に加速できないのが難点だが、そのぶん慣性力の影響はすくない。シルヴァーマンは徐々にヒラメ艇のよさを見いだしはじめていた。

　バリアから一キロメートルの地点で、自動装置が飛行を停止し、反重力フィールドで艇体を安定させる。船尾にとりつけられたコンヴァーターの音だけがまだ聞こえていた。

　トスタンは注意深く前方を見る。超複合記憶脳から供給されたデータが網膜のうしろに表示されるが、無視する。

「TSSのパラトロン・バリアをセット」スキッパーが命令する。「超光速自動探知システムのスイッチも入れろ。そうすれば、あそこでエネルギー放電が起きたときに、ビーム砲が到達するよりも前に防御態勢をとることができる。輸送艇は防御してくれないからな」

　シルヴァーマンはいわれたとおりの設定に変える。そこで、気づいた！　振りかえってトスタンを見る。この任務のために選ばれたヘルメットは、肩でしっかりと固定されているタイプのものだった。

「無防備なヒラメ艇でここにきたのは、よそ者に隙を見せるためだったのですか？」

　トスタンの笑い声が輸送艇のなかに響きわたった。

「そのとおりだ、相棒！　卑劣な行為をたくらむ者がいるなら、こちらから背中を押してやればいい。非武装の上陸部隊ほど攻撃しやすいものはない。ここで、しばらく待つぞ！」

「それは危険です、スキッパー！」スペース＝ジェットでTC＝V1の上空二十キロメートルを飛行中のジャニュアリー・ケモ＝マサイが警告した。「ＴＳＳのバリアが機能しなければ一巻の終わりです。わたしが物体バリアをはりましょうか？」

「きみは高高度飛行を維持してくれ。説明されなきゃ、なにもわからないのか？　わたしの作戦はいつも危険だ！　われわれはまだ生きている。それが敵よりも勝《まさ》っている証拠じゃないか。エネルギー・バリアの状態はどうだ？」

　ヘルメット内部のモニター・バンドにケモ＝マサイの顔がうつっている。モニターは額の高さに設置されている。

「輸送艇が接近したことですこし拡大しました。現在、半径十五キロメートル。巨大バリアです」

「ポジトロニクスは惑星地下施設の脆弱エリアを防御しているはずだ」トスタンがいう。「それは直径三十キロメートルの円形構造物だと考えていい。階層構造を確認できるか？」

「できません！　グリーンの最強HÜバリアです」

　そこで、トスタンは意味不明なうなり声を発すると接続を切った。

　さらに十分待つ。アリ・ベン・マフルは緊張している。ＴＳＳにつつまれた膝がシルヴァーマンのシートの背もたれにあたる。音はしないが、シートが揺れた。

「いい子にしてろ、ちび。すぐに古いロボットと遊ばせてやるから。テラの海賊サーベルが貨物倉庫に入っている。トスタンの個人コレクションだ。そのときがくれば、使用の許可を出していただけますよね、スキッパー？」

「もちろんだ！」銀河ギャンブラーはほほ笑むが、顔は見えない。

「気はたしかか？」アリが腹を立てる。「そんな古いサーベルでどう戦えっていうんだ？」

「サビを削らせるのさ！　古いロボットにな」シルヴァーマンがいたずらっぽくいう。

「それ以外に、きみができることは……」

「こちらトブロン・ハーン」副艦長の声が響いた。「HÜバリアに構造亀裂があらわれました。輸送艇の西側です。燃えさかる周縁部は点滅マークとして探知システムに表示されています。聞こえますか？　スキッパー……！」

「なぜ、そんな大声を出す？　マークはとっくに見えている。探知機能は充分だ」トスタンの言葉が副艦長を安心させる。「よし、その亀裂に向かうぞ」

「からだの調子はどうですか？」ロドニナの心配そうな声がとどく。「そちらが妙に楽しそうなのが気になります」

「タンクの笑気ガスのせいだ」トスタンが不機嫌そうに答えた。「なんなら壁に悪魔の絵でも描いておこうか？」

「そんな古典的ジョークは理解できませんが、もう一度警告しておきます。空調管理はしっかりしてください」

返事のかわりに、トスタンが通信スイッチを切った。アリがその隙に母艦にいる首席艦医に向けて小声でいう。

「あなたにここの雰囲気をだいなしにする資格があるんですか？　おれたちの歓談には意味がある。そのおかげでトスタンはいま、痛みと苦痛を忘れられているんです。だから黙っててくれませんか？」

「なにをいっているの！　スキッパーがそれをおもしろがっているとでも思っているの？　それほど、かれのことを理解……」

アリも通信スイッチを切った。ユーリ・カッチェンコがおだやかな笑みを浮かべる。この男は周囲の出来ごとをおもしろがって観察するだけでひとことも意見をいわない。トスタンは手動操縦で輸送艇をエネルギー・バリアに向けて飛ばした。半周すると、構造亀裂がはっきりと見えるようになる。

輸送艇は漂石におおわれた原成岩の上に着陸した。艇外の温度は百八十七度。

カッチェンコは輸送艇の透明な丸屋根を開けると止め具で固定した。

ヘルメット内部のモニター・バンドにあらわれたTSS制御ディスプレイが環境条件を表示する。ピコシンが戦闘スーツ内部の重力中和装置の出力をあげた。惑星の重力よりも八十パーセントもちいさい、一・〇五Gに重力が設定される。そのおかげでこの重厚な戦闘用スーツの制御が容易になる。通常の重力条件下で、スーツを着て任務を遂行することは不可能だった。

カッチェンコが輸送室から出て、貨物室を開く。テラナーが次々と武器を手にとる。そのとき、キャビンを出ようとしたトスタンが動きをとめた。

「大変だ！　ポージーはいっしょにこなかったのか？　どこにいるんだ？」

トスタンはキャビンにもどって、あたりを見まわす。けれども肩に固定された特殊ヘルメットのせいで顔を動かすことができない。しかたなく、スヴォーン人の名を叫ぶ。

「まったくもってやっと呼んでくれましたね」突然、ちいさな澄んだ声がした。「こんな無礼なふるまいができるのはテラナーだけですよ。あなたがたが最初の電子機器を発明した優秀な種族の代表だなんて考えられません。わたしは屈辱を受け、まったくもって心底傷つきました。からだも変形してしまいましたよ」

「ポージーが、おまえが足置きにしてたものの下敷きになってるぞ」シルヴァーマンが友人のアリに強くいった。「キュウ公を助けてやれ。あそこにすわっていたのは、おまえだから。そうだろ？」

アリは文句をいいながらキャビンにもどると、怒り狂ったスヴォーン人を解放した。あやまっても許してもらえない。

そのあいだに、ラトバー・トスタンは構造亀裂に向かって歩きだす。その手前で立ちどまると、燃えさかる周縁部を横目に空を見あげて《ツナミ＝コルドバ》を呼んだ。

「トブロン・ハーン、われわれがバリアのなかに入れば、無線通信はすぐに途絶える。ハイパートロップを構築して、グラヴィトラフ貯蔵庫を満タンにしてくれ。もどってきたら、大量の電力が必要になりそうだ。楽しい仲間たちの気晴らし歓談ショーはもう終わりだ。わたしの貯蔵庫を充電しておいてくれ！」

「ヘラの窪地のエネルギー乱気流のなかでそれをするのですか？」トブロンが動揺する。「それはやめたほうがいいでしょう。クロノパルス壁がどう反応するかわかりません」

「そのとおりだ！　クロノパルス壁はどんなかたちであれ反応するだろう。それも計画の一部だ。ここのポジトロニクスは、外部から妨害された場合のみ記憶装置を開く。データがほしいんだ。やってくれ！」

　四人のテラナーとスヴォーン人がHÜバリアの亀裂を通りぬける。最後尾を歩いているユーリ・カッチェンコがなかに入ると、亀裂は閉じた。

　カッチェンコは振りかえってグリーンの光のカーテンを見あげる。それはヘラの第三惑星の暗黒の空に向かって数キロメートルもの弧を描いていた。

「ようやくか！」カッチェンコが冷静な声でいった。

　トスタンは返事をしない。そのかわりに、相互結合銃を装塡した。最初の多機能弾が歴史的兵器の薬室に送りこまれる。

「計画どおり、いつでも撃てるようにしておけ」マイクロカムからトスタンの声が響く。

「パラトロン・バリアの即時構築設定はそのまま。散開して、援護につけ。ポージーは、わたしのそばをはなれるな。攻撃されるまでは謙虚に、礼儀正しく、寛大な姿勢をつらぬけ。もちろん、攻撃されないことを祈ろう！　だが、攻撃された場合は瞬時に対応しろ。七百年近くも不在にして、故郷銀河を探求中のわれわれにミスをおかす余裕はない。行くぞ！」

7

ヘラのポジトロニクスは音響情報を重要視していないようだ。すでに送られてきた音声メッセージ以上のことを伝える機能はないらしい。

だから指示を無線ではなく、シンボルによって出す。訪問者は目の前にあらわれる光の道や隙間を指示として受けとらなくてはならない。

四人のテラナーとスヴォーン人は、飛翔装置の助けを借りて四キロメートルの距離を飛行し、光のバリアにおおわれた山岳地帯にたどり着いた。

そこは峡谷の入口だった。谷壁は目がくらむほど高い。それとは対照的に、地面はまったいらだ。その百メートル先では横長の壁が谷を封鎖している。

「割れ目も凹凸もない。自然とは思えない風景だ」アアロン・シルヴァーマンが感想をいう。「いやな予感がします、スキッパー」

ラトバー・トスタンはTSSのコントロール・モニターを確認する。数分前に、吐き気が、その直後に、最近悩まされているはげしい息切れが起こったからだ。

銀河ギャンブラーは論理的思考力を駆使して、みずからの健康状態を診断する。じつは、防護服に搭載されたサイバー・ドクターの助けなしには、着陸艇にもどることさえできない状態だった。

サイバー・ドクターがトスタンに高圧注射を打つ。そのおかげで症状は消えた。

「スキッパー……!」シルヴァーマンが呼んだ。「壁です」

「見ればわかる」トスタンがそっけなく答えた。「キュウ公、近くまでいって壁を見てくれ。ここで見守っているから大丈夫だ」

ポージー・プースが腕を羽のように振る。飛びたとうとすると、トスタンから呼びとめられた。

前方の暗闇のなかに光があらわれて徐々に大きくなる。ついに光のなかに人の背丈ほどのハッチが出現した。その奥の部屋は照明されている。

「エアロックですね」スヴォーン人がいう。「わたしの光学レンズをとおすと見えます。損傷がはげしく、まったくもって機能していません。内側のドアも開いたまま。空気はなさそうです」

「そこに入れ、ということか?」トスタンが自問する。「よし、誘いにのるとするか。しかし、不気味だ。なかに入って、ポジトロニクスから明確な指示がなければすぐに撤退しよう。ユーリはここにのこってくれ。撤退する場合は援護してほしい」

「撤退？　いったい、どこへ？」

トスタンが視線を上に向ける。そこにはグリーンに輝くHÜバリアがひろがっている。

「とりあえず、開けた場所に避難する。それからようすを見るんだ」

一行は飛行装置を起動させると、たいらな岩場の上を浮遊しながら、光り輝くハッチへと向かった。

TSSの探知システムでは、稼働中の機械も生物も検知されていない。この荒野で動いているのはトスタンたちだけのようだ。

トスタンがハッチに到達してなかに入る。徐々に見えてきた空間は、想像どおりの中型のエアロックだ。はるか昔は正常に機能していたにちがいない。けれども、いまは内側のハッチが開いたままになっていた。

奥の部屋の暗い照明が不気味さをかもしだしている。死を予感させるなにかがそこにはあった。

トスタンは内側のハッチをくぐりぬけると、そのまうしろに見えるホールのような部屋に大股で入った。

ポージーが目の前を浮遊する。シルヴァーマンとベン・マフルは外側のハッチの前で、カッチェンコはエアロックの外で待機していた。

ポージーが大きなホールの奥から話しかけた。

「積載装置がたくさんあります。まったくもってすべて完全に停止しています。昔は物資がここに到着したのでしょう。おそらくちいさめの物資が。下にコンテナがあります。これを見ると思い出して……」

そこでポージーは話をやめた。トスタンには荒い鼻息だけが聞こえる。

「思い出すって、キュウ公？　いったい、なにを？」

「わたしたちが乗って帰ってきた巨艦のことです。〝丸太〟という名前でした。積載装置はここのとそっくり。構造的に似ています」

「でも、ここは〝丸太〟じゃない」

「わかっていても、そう思ってしまうのです。コンテナのかたちもまったくもって同じです。カルタン人がここにいたにちがいありません」

じつは、トスタンも〝丸太〟に似ているような気がしていた。ポージーがそれを確信に変えてくれたのだ。

まだ機能している外部のハッチの仕組みを調べていたアアロン・シルヴァーマンがあわてて結果を報告する。

「信じられません、スキッパー！　鋼製ハッチの開閉装置は故障しています。まだ機能しているのは原始的なケーブル駆動の電気モーターだけ。それが歯つき連動バーを動かしてハッチの開閉をおこなっています。応急処置的にそうしているようにしか見えません」

　トスタンは深呼吸して気持ちをおちつけると、話をつづける。

「たしかに、〝丸太〟にも似たような構造があった。それをつくらせたのは、わたしだ。そのよさはすでに実証ずみだ。だから、おそらくヘラⅢでも採用されたのだろう。カッチェンコ、HÜバリアはどうなっている？」

「変化はありません」

　トスタンがホールのなかを進む。非常用照明がかすかな光を放っている。浮遊しているポージーが静止している積載ロボットに着地した。

「大きな友よ、これからどうするつもりですか？　まったくもって情報を得るためだけにここにきたと思っているのでしょうが、一か八かで先に進んでみてもいいのでは？　もう、われわれにはわかってしまったのです。ここにはかつてカルタン人がいたということが」

　トスタンは躊躇《ちゅうちょ》する。そこでピコシンから、防御バリアが機能障害を起こしているという報告が入る。プロジェクターへの高エネルギー供給が不足しているからだという。

「もうすぐバリアは消滅するかもしれません！」

　銀河ギャンブラーもピコシンと似たようなことを予測していた。単純な装置がすでに故障しているのなら、高エネルギー・バリアを構築するための複雑な装置が機能障害を起こすのは時間の問題だった。

「ピコ、現地のポジトロニクスと既知の周波数でインターカム交信を確立してくれ」トスタンが指示する。

TSSのマイクロ・シントロニクス結合体は即座にゴーサインを出した。スキッパーがマイクロカムを介して話しはじめる。

「毛なしのラトバー・トスタンからヘラⅢの回路ユニットへ。先日の交信で言及された個人識別のためにここにやってきた。プロジェクト・リーダーのマン・グロがここにきたことがあるのなら、かれの名をもって適切な移動手段の提供を要請する。わたしが虎の王と呼んでいる友、マン・グロの記録データを呼びだしてほしい」

ピコシンはそのメッセージをなんどもくりかえした。テラナーが応答を待つ。

しかし、ポジトロニクスはまたしても答える気がないか、答えられないようだ。かわりに、ユーリ・カッチェンコから連絡がきた。かれにしては長い言葉を口にする。

「HÜバリアが明滅中。巨大亀裂ができて崩壊中です」

トスタンは本能的にスロープに飛びのり、そのうしろにかくれた。そこでスペース＝ジェットが防御バリアの消滅を報告するまで待つ。

「これはどういうことですか？」アリ・ベン・マフルから連絡がきた。「われわれに対する信頼をあらわしているのか、それとも、必然的にそうなったのか？」

トスタンがスロープのうしろで背筋を伸ばす。すると暗かった照明が突然、見ちがえるほど明るくなった。もとカルタン人プロジェクト・リーダーのマン・グロの名を出したことが功を奏したのかもしれない。

ピコシンが論理分析をおこなう。その結果は予測と一致した。トスタンは咳ばらいをすると現状を全員に説明する。

「これは必然の結果だと考えていい！　ここにはエネルギーが不足していたのだ。電力消費のはげしいバリアを構築しているあいだは照明をつける電力さえなかった。これでようやく、ポジトロニクスが移動手段を提供してくれるだろう」

「スキッパー、やっとつながりました」ムラク・トブロン・ハーンの声がマイクロカムから聞こえた。「無線通信が復旧しました。母艦の大型シントロニクスもあなたの推測が正しいといっています。エネルギー放出が通常の値いにもどりました。惑星の地下では発電所が稼働中です」

「了解！　以後、連続ビデオを送信する。それで、発電所の種類は？」

「通常のエネルギー発電です。グラヴィトラフ溶解やハイパーエネルギー貯蔵ユニットの使用電流への変換も確認できません。古いシュヴァルツシルト原理をもとにした原子力発電、ニューガス反応炉、パルス法による純粋プロトン供給です。大規模な非常用ユニットが搭載されていますが、本来の機能は失っているはず。だから防御バリアを維持できなかったのです」

「つまり、わたしが移動手段の提供を要求したから、バリアが消滅したわけではないということか。信頼の印ではないと？」

「結論を急ぐべきではないと思います」ロンベ・マッシモが口をはさむ。「ポジトロニクスにとっては待ちに待った救済だったかもしれません」

「救済！」トスタンは吐きすてるようにいうと母艦との通信接続を切った。「ストレスからの解放といったほうがいい。シルヴァーマン、アリ、積載ホールの奥に大きなハッチがいくつかある。いまは動くな。ポージーが合図を出すまで待て！」

スヴォーン人の黄色い戦闘用スーツは装置がつまったホールのなかでもよく見えた。キュウリ形のからだが宙を浮き、ホールの奥で着地する。

ポージーの目の前で突然、ふたつの大きなハッチが開く。その開きかたを見るだけで、補助的装置によって動かされていることがわかった。

トスタンも奥に進んだ。相互結合銃をＴＳＳのショルダー・ホルスターに入れている。とはいえ、攻撃される兆候はいっさいない。過去何世紀にもわたって、この地を守ってきた機械類は機能を失いつつあるように見えた。開いたドアの直前で、ポージーがトスタンを呼びとめた。ドアの背後に二両のひらたい連結車が見える。

それらは音も出さずにあらわれて停車した。まるみをおびた縦長の透明なカバーが自動で開きかける。

ところが、一両めのカバーは半分開いたが、二両めはまったく開かない。電気回路から黒い煙があがりはじめた。

トスタンは外で待機している三人に連絡した。全員持ち場をはなれて追いついてきた。ユーリ・カッチェンコはロケット銃を肩にかついでいたが、トスタンの視線の先にあるものを確認すると、安全装置をかけて小わきにはさんだ。アリもかついでいた高エネルギー・ブラスターをおろして、興味深く二両の連結車を見つめた。

列車は古びた二本の線路の上を走っていた。線路の中央には導線があるため、列車のモーターがどこから動力を得ているかは一目瞭然だ。反重力技術が発達した現代において、この種の鉄道車輛は時代錯誤といってよかった。

アアロン・シルヴァーマンが身をかがめて車輪を見る。その構造はシステム全体に劣らず単純だ。

「六百五十年前にヘラⅢに基地をつくった知性体は先見の明があったと思う」シルヴァーマンが感心したようすでいう。「ここにあるものは原始的だが耐久性がある。高度技術が破綻しても、このシステムならまだ機能する」

シルヴァーマンは立ちあがろうとしてようやく、トスタンがすでに発見していたものに気づいた。

悲鳴をあげてあとずさりする。列車の側面に銃弾の跡があったからだ。弾は貫通し、穴だらけになっていた。

車輛のなかには死体が四体あった。それらはまだ黒焦《こ》げのシートの上にすわっている。ヘルメット・バイザーの下から、カルタン人のミイラ化した顔が見えた。急な攻撃だったのだろう。武器はすべてホルダーにおさめられたままだ。

トスタンは破損した屋根を上からのぞきこむと、剝がれそうな部分を引きちぎった。その隙間から正面にすわっている男の死体が見えた。

銀河ギャンブラーが振りむくまで、だれも言葉を発しない。全員で死体の顔をのぞきこむと、いまにも話しかけられそうな気がした。

「四四七年製のカルタン戦闘装備」トスタンがいう。「装甲服に描かれたこのシンボルのことはよく知っている。死人はシングイソ星系ゴロナクのカルタン人通信部隊の隊員だ。ハンガイ銀河の第一クオーターとともにこの宇宙にやってきた。指揮官は虎の王、マン・グロ。《ナルガ・プウル》はかれの指揮のもとにつくられた。その船は〝丸太〟と呼ばれた。ポージーとわたしもそれに乗船していた」

トスタンは無言でしばらく考えこんだ。カッチェンコはトスタンがふたたび口を開くまで、慎重に周囲を観察しつづけた。

「猫型種族は地下のこの上層部で射殺されたわけではないだろう。これほど多くの非常用装置が設置されているのだから、そう考えるのが自然だろう。マン・グロは当時、シンプルだが安全性の高い装置の設計に熱中していた。その装置を開発したのはわたしだ。マン・グロはカタストロフィのあと、自分でここにきたか、ゴロナクの部隊の一部を銀河系に派遣したにちがいない。テラへ行きたがっていたはずだ。ヘラⅢはその外縁基地の候補のひとつだったのだろう」

「そして突然、クロノパルス壁が出現した」アリ・ベン・マフルが説明をまとめようとする。

「それだけじゃない！　虚空の奥の見知らぬものたちが干渉してきたのだ。六百五十年前、いたるところで混乱が起こった。ここでなにが起こったのかは、もうすぐわかるさ。前の車輛でシグナルが点灯している。アリ、アアロン、コンビ銃の分子破壊ビームで半開きのカバーを切断しろ。真空状態でカバーなんか必要ない」

「この車輛に乗るんですか？」シルヴァーマンが心配そうにたずねる。「死体はどうしますか？」

「死体はなにもしない。カバーをはずしてくれ。視界を確保したい。ユーリ、襲撃されるとしたら、犯人は確実にカルタン人ではない！　マン・グロの施設から利益を得ようとした寄食者たちが当時ここに忍びこんだ。その子孫がまだここで活動しているかもしれない」

「それはハウリ人ですか?」ユーリがたずねる。

「ちがうと思う。アリ、車輛のカバーはとれたか?」

8

古い基地の奥深くへと進むと、かつての施設の活動の痕跡が次々と見つかった。時代遅れの列車は造船所や倉庫をとおりすぎて、蛇行した線路をくだっていく。列車の速度を速めるためには坂道にするしかなかったのだろう。

ピコシンが走行距離を計算する。一行はすでに地下三キロメートル地点に到達していた。

アアロン・シルヴァーマンは生きて帰れるかどうかは考えないようにしていた。深くもぐればもぐるほど、その可能性は低くなっていく。

列車に乗っているあいだ、ラトバー・トスタンはほとんど口を開かなかったが、自分の仮説だけはくわしく説明した。その説明はジャニュアリー・ケモ＝マサイに、ケモ＝マサイから《ツナミ＝コルドバ》にも伝えられた。

銀河ギャンブラーの仮説とはこういうものだった。クロノパルス壁が生じてまもなく、カルタン人はある方法を使ってヘラの窪地を拡大した。当時はまだ、壁の最外縁部の飛び地をある程度安定させる方法があった。
壁のなかの飛び地はほかの知的生命体をひきつけた。テラナーがヘラの窪地を発見したのも、ここが特異な性質をもっていたからだ。よって、ほかの知的生命体がここにやってこないわけがない！

それはトスタンがこれまでに思いついた仮説のなかで最高のものだった。しかし、その正しさを証明することは不可能だった。

列車が急停車した。ポージー・プースが前方に投げだされて、生命維持装置の入ったアリ・ベン・マフルのバックパックに激突する。トスタンが罵声をあげる。口から義歯が飛びだしたので、舌でもどそうとする。そのせいで時間をロスしてしまう。

そのあいだにユーリ・カッチェンコは先頭車輛から降りていた。行動の速さは模範的といってよかった。

カッチェンコのTSSはパラトロン・バリアにおおわれている。ただし、歴史ある長銃の銃口があるところだけは開いていた。

シルヴァーマンが状況を把握するよりも前に、カッチェンコの銃から灼熱のガス玉が飛びだした。それはトスタンがもっているのと同じ相互結合弾だったが、固体推進薬で飛翔速度が引きあげられていた。カッチェンコはトスタン同様、現代のビーム兵器をよく思っていない。目標に到達するまでに有効なエネルギーを失ってしまうからだ。

シルヴァーマンは、灼熱の火の玉が真空のホールをつきぬけて、はるか頭上で未知の物体に衝突するのを見た。

ピコシンが人間よりも早く反応してパラトロン・バリアを構築する。ヘルメットのコントロール・モニターに現状データが表示される。

シルヴァーマンの目の前でトスタンが車輛から飛び降りた。片手でスヴォーン人を握っている。ベン・マフルも立ちあがる。ジャンプしようとしたとき、白い炎の尾が構築したばかりの防御バリアに衝突した。

そのエネルギーの衝撃は防御服の内部にまで伝わり、ベン・マフルはシルヴァーマンの足元に投げつけられた。

マイクロカム上ではうめき声や叫び声が聞こえた。だれが、なぜ攻撃してきたのかは、わからなかった。

トスタンの武器が閃光を放つ。ちいさな爆発から生じた光がホールの壁にあるふたつのトンネルを照らす。

列車は炎につつまれていた。ホールの反対側から襲ってくる者たちは執拗に攻撃をしかけてくる。

赤熱《せきねつ》の炎のなかで列車が解体しはじめた。四人のカルタン人の死体が焼け焦げていく。

ようやく喧騒《けんそう》がおさまると、トスタンの指示がふたたび聞こえた。

「……声は出すな！　アアロン、アリをたのむ。きみの右うしろにいる。左のトンネルの出口から砲撃しろ」

　シルヴァーマンがとっさに身をかがめる。トスタンの相互結合銃の集束弾が背中をかすめた。すぐに線路の左側にある機械の台座に飛びうつる。その上ではベン・マフルが大型のコンビ銃を肩でかまえようとしていた。

　ベン・マフルは恐怖を手放すと、敵が本気であることにようやく気づいた。パラトロン・バリアに襲いかかる火の海は高エネルギー熱線弾。殺意ある者だけが手にする兵器だ。

　ベン・マフルがコンビ銃を発射すると、目の前の鉄の床が熱で溶けた。溶鋼が防御バリアに飛び散って目がくらむ。

　それでも照準器には鮮明な画像がうつしだされた。残光が暗闇を照らすと、そこにはこれまで見たこともない存在がいた。

　ベン・マフルがコンビ銃を発射すると、謎の存在が着ている甲冑《かっちゅう》のような戦闘服が白い光につつまれた。アアロン・シルヴァーマンも隣りで発砲する。アリ・ベン・マフルは友人が武器をパラライザーに切りかえたことに気づいた。

　すぐにトスタンが反応する。口調はおだやかだったが、皮肉がこめられていた。

「なにをやってるんだ、アアロン！　もうすこしまともに戦えないのか？　やつらはトラアヴの傭兵だ。〝赤い装甲兵〟とも呼ばれている。パラライザーなんかまったくきかないぞ。それだけじゃない。遺伝子改変された戦闘マシンだから死の恐怖もとりのぞかれている」

シルヴァーマンは背の高い生物が向かってくるのを見た。長い跳躍脚をもつ生物は足が驚くほど速い。放たれた光線が真っ赤な兜《かぶと》に似た丸形の与圧ヘルメットを照らすと、鱗《うろこ》におおわれた顔が見えた。トカゲのような顔立ちは複数の遺伝子改変によって修正されていた。

傭兵の多くはベン・マフルのエネルギー兵器によって殺害されたが、生きのこった者たちは、なにごともなかったかのように攻撃をつづけた。

トスタンの警告が正しかったことを悟ったアアロン・シルヴァーマンは、セレクターをきりかえて発砲する。

そこで、TSSの警告システムが反応した。ホールの床の大部分が高温になり、溶解していたからだ。トンネルの出口からはトラアヴの傭兵たちが次々と出てくる。

「トンネルを封鎖しろ、ユーリ」トスタンが叫んだ。「これ以上もちこたえられない。左のトンネルはわたしがやる」

カッチェンコが銃のスイッチを切りかえた。反応調整器のコントロール・ライトが〝核融合＝自発〟、通称F－Sに切りかわる。

以後、ドラム弾倉から供給されるロケット弾の信管はマイクロ・メカニックによって適宜設定される。ユーリが右側のトンネル開口部に発射すると、核爆発が起こった。放出されたエネルギーはTNT換算で三百キログラムに相当した。核反応としては大した量ではないが、トンネルの入口を封鎖するには充分だ。

爆心地の灼熱の光にさらされた岩から煙があがる。青白く光る圧力波は膨張してトンネルを破壊し、ホールのなかへ流れこんだ。

ガス流が一行がいる場所にまで到達しそうになる。そこで、ふたたびTSSのシントロニクスが警報を鳴らした。戦闘用スーツのマイクロ・リアクターが過酷な状況下でエネルギー消費の多いパラトロン・バリアを維持することがむずかしくなったためだ。

シルヴァーマンは、自分のからだが圧力波によって灼熱の地面に押しつけられるのを感じる。そばにいるベン・マフルもそのあおりを受けていた。

トスタンの核融合弾がもうひとつのトンネルを封鎖する。その影響はふたりがいる場所でも感じられた。

不思議なことに、シルヴァーマンは爆発の瞬間、死や破滅のことではなく、〝ここには長いあいだ空気がない〟という事実だけを考えていた。もし空気があったなら、この地獄から生きのびることはできなかっただろう。

吹きぬけの天井までつづく白い炎だけが見える。シルヴァーマンに襲いかかろうとしたトラアヴの姿はもう消えていた。トスタンがホールの奥の壁に向かって走りだす。そこには線路に沿ってつくられたエアロック通路があった。

巨大な岩壁のうしろに、安全なかくれ場があったのだ。ピコシンは電磁シャワーで途絶えた無線ネットワークをハイパーカムに切りかえた。

あえぐような息をしながらトスタンが声を発する。それは蚊の鳴くような声だった。

「ポージーはどこだ？」

スヴォーン人はすぐに応えた。パニックにならずに安全な場所に避難していたのだ。ちいさな銃では戦力にならないから。

「これからは行動力がものをいう」トスタンがいった。呼吸はまだ荒い。「アアロン、もしまたトラアヴの傭兵に遭遇したら、すぐに撃て！　トラアヴはトカゲの末裔《まつえい》だ。数千年前、同じ種族の科学者の遺伝子改変によって自衛本能をもたない戦闘マシンにつくりかえられた。トラアヴの傭兵はハンガイ銀河では売ったり、貸しだされたりしていた。《ナルガ・プウル》にも乗船して、船の秩序を守っていた。主人には絶対的な忠誠を誓う。賄賂《わいろ》は通用しない」

スキッパーの呼吸がおちつく。トスタンのサイバー・ドクターがふたたび強力な注射を打ったのだとベン・マフルは思う。

「わかりました」シルヴァーマンがしずかに答えた。「でも、さっきは、すぐには撃てませんでした。やつらは防御バリアをつけていなかったからです」

「運がよかった」トスタンが疲れたようすでいう。「トンネルを閉鎖しなければ、襲われていただろう。遺伝子組み換えのせいで、やつらには善悪の区別がつかない。なにがなんでも、バリアを突破していたはずだ。なんだ？」

トスタンが振りむく。カッチェンコがスキッパーのヘルメット・バイザーの前にまるい金属製の容器を突きだした。

「スキッパーの空の弾倉です」

トスタンはそれをショルダー・ホルスターにしまった。カッチェンコの判断は正しかった。ケースレス相互結合弾用の弾倉はいまの時代では入手困難になっていたからだ。隣りのホールでは地面が燃えつづけている。いまいる場所もしだいに居心地が悪くなる。一行は灼熱の炎を避けるように地下へとつづく線路に沿って進んだ。

そのとき、ムラク・トブロン・ハーンから連絡が入った。

「TSSのピコシン・データで一行の無事を確認しました。シントロンの評価がここにあります。赤い装甲兵についての評価です。ピコシンの分析結果によると、トラアヴは防御バリア生成器を搭載していましたが、それは正常に機能しなかったようです。ほかに情報はありますか？」

「あります」アリ・ベン・マフルがいう。「われわれはまだ生きている。それと、やつらは大昔からここにいた。ちがいますか？」

「そのとおりだ。ヘラⅢの基地は六百五十年前にカルタン人によって建設されたことがわかった。シントロニクスによると、トラアヴは猫型種族の戦闘部隊として使われていた。ハウリ人による攻撃を予測していたからだ。クロノパルス壁ができたあと、トラアヴは精神錯乱におちいって自分たちの主人を攻撃したにちがいない。シントロンは、要塞を突破できたのはトラアヴの傭兵だけだったことを確認している。やつらは要塞のどまんなかにいた。それが有利にはたらいたのだろう」

　そこで、トスタンががまんの限界に達した。

「トブロン・ハーン、いまその話は必要ない！　カルタンのポジトロニクスとコンタクトをとることのほうが大事だ。わたしのメッセージに対する応答がない。シントロニクス、意見を聞かせてくれ」

「カルタンのポジトロニクスはあなたがたを個別スキャナでとらえました。現在地のすぐ近くで制御されたエネルギー放出が検知されました。発電所があるにちがいありません。ポジトロニクスもそこに設置されているはずです。観測データをピコシンに転送します。戦闘ロボットの支援が必要ですか？　ロボットを線路に沿って進ませれば、救援は可能です」

　トスタンはそれを断った。戦闘ロボットは足手まといになるだけだからだ。

「われわれは線路に沿ってこのまま進む。終着駅はそう遠くないはずだ。爆発したトリマラン戦闘艦の格納庫をかならず見つけるから、よく見ててくれ」

「トリマランはそこからきたのですか？」

「まちがいない！　そう感じる。この感覚は正しいはず！　さあ、行くぞ。ではまた、以上！」

＊

トスタンの罵倒も役にたたなかった。ヘラⅢの制御ポジトロニクスは、記録された事象を適切に評価することができないようだ。

ポジトロニクスは、攻撃された場合に防御バリアをはるという当初の保全命令に一貫してしたがっていた。

テラナーとポージー・プースが地下四千メートルの終着駅に到着すると、ふたたび攻撃がはじまった。トラアヴはあらゆる技術的障害に苦しめられていたが、テラナーの無線通信をキャッチして居場所だけは検知したようだ。

惑星の地下にあるホールは細長い。線路はエアロック通路の行きどまり地点の後部で終わっていた。

五十メートルはなれた反対側の線路では、頑強な金属の壁が終着点の先をふさいでいる。通りぬけるためには壁にはめこまれた装甲ハッチを開けるしかない。ハッチの前に設置された制御盤とモニターを見るだけで、壁の向こうにポジトロニクス・システムがあることが推測できた。

トラアヴの攻撃を最初に察知したユーリ・カッチェンコが防御射撃を開始する。すぐに、ヘラのポジトロニクスが判断をくだし、HÜバリアを構築した。

バリアはホールの四分の一にあたる後方部分をおおいつくす。制御盤と特殊合金製らしい壁もバリアにつつまれた。壁は一行の背後にあった！　そう、完璧に罠にはまってしまったのだ！

ラトバー・トスタンとユーリ・カッチェンコは、信管を〝爆破＝標準〟に設定した相互結合弾のみで反撃した。

せまい空間で重火器を使用しないことは常識だが、攻撃してくるトラアヴにそんなものは通用しない。

トラアヴは灼熱の溶鋼に、それがぬるま湯ででもあるかのように、突進した。多くの兵士が赤い装甲服とともに焼けて灰になった。それにもかかわらず、生きのこっているトラアヴは、死を恐れずに熱線銃を撃ちつづけた。

カッチェンコは最後の弾倉をフィーダーに押しこんだ。のこり九十発。トスタンの残弾数も同じくらいだった。

アリ・ベン・マフルとアアロン・シルヴァーマンはコンビ銃の設定を〝分子破壊ビーム〟に切りかえていたが、驚くほど効果は薄かった。

広角ビームは標的にとどくまでにエネルギーが拡散してしまうため装甲服を破壊できない。いっぽう、狭角ビームは破壊力はあるが、トラアヴの予測不可能な跳躍によりビームがかわされてしまうことが多かった。

トスタンはくりかえし、ポジトロニクスとのコンタクトを試みた。スヴォーン人は古いプログラムにロジックを追加しようとするが、うまくいかない。ポジトロニクス結合体は反応しなかった。

ベン・マフルはトラアヴのビームを三発同時に受けた。衝撃エネルギーがパラトロン・バリアに作用し、半身を起こしたアリは地面から引きはなされて、後方に投げとばされた。

友人がグリーンのHÜバリアに巻きこまれるのを見たシルヴァーマンは悲鳴をあげる。

ところが、炎のなかの友は消えたかと思うと、すぐにまたあらわれた。なんと、なにごともなかったかのように、そこから手を振った！

トスタンでさえ、その瞬間なにが起こったのかを把握できなかった。じつは、ポジトロニクスが間一髪で反応したのだ！　あきらめる必要はなかったのだ。HÜバリアの設定が、パラトロン・バリアをはっているテラナー一行のために〝通過〟に切りかえられていた。

トスタンが大声をあげる。なにをいったかはわからなかったが、一行はスキッパーがHÜバリアに向かって走り、そのなかに飛びこむのを見た。なにも起こらない。シルヴァーマンとポージーもそれにつづいた。カッチェンコは最後にバリアに到達した。

一行はHÜバリアのうしろに立って、突進してくるトラアヴを観察する。高エネルギー・バリアに飛びこんで次々と自滅していった。

けれども仲間の死を見ても、ほかのトラアヴは飛びこむのをやめない。

生きのこった赤い装甲兵たちが理性的になるまでには時間がかかった。結局、エネルギー・バリアの前には赤く燃える死者の灰だけがのこされた。

「信じられない」化け物たちが去ると、シルヴァーマンがつぶやいた。「こんなこと、ありえない！　仲間が燃えていくのを見ながら自分も飛びこむなんて」

「バカ者や強権者や犯罪者が創造主のまねをすると、たいていこうなるのさ！」トスタンがかすれた声でいった。「いま、話すのはやめよう。体調がよくないんだ。装甲ハッチが開いたぞ」

一行はトスタンを先頭にして保安ゲートに入った。内蔵されている武器はまったく反応しない。

時間とともに戦闘用スーツの着用がつらくなってくる。ふたたび自由に呼吸したいと切望していたのはトスタンだけではなかった。

そしてついに、一行はポジトロニクス結合体のコントロールセンターにたどり着いた。明るくてひろい場所には、多数の制御盤がならんでいる。その大半は使用不可能で、最後に生きのこったカルタン人たちは故障をしめすラベルまで貼っていた。まるで自分たちが没落することを知っていたかのように。

トスタンは、カルタン人がそれを知っていた理由を突きとめたいと思った。ヘラの第三惑星の巨大地下施設に、クロノパルス壁を調査する銀河系船団にとって非常に有益な秘密がかくされているのはまちがいなかった。

部屋の前方には、回転椅子にすわる背の高いカルタン人の姿が見えた。ひろい肩幅が背もたれからはみ出し、視線は制御盤のスイッチに注がれている。

ダークグリーンのカルタン戦闘用スーツを着ている。

トスタンはそのスーツを知っていた。虎の王の階級に属するものだけが着用を許されるスーツ。

死体に近づく。生きているはずがないのだから死体といいきってもいい！　この人物が死のまぎわにコントロールセンターにいき、何百年あとに起こるか、もしくは、永遠に起こらないかもしれないなにかを待った理由はわからなかった。

ヘラの窪地のカルタン人が絶滅した理由もはっきりしなかった。本当なら、この窪地で子孫を増やしたり、ここから逃げだしたりすることもできたはずなのだ。

トスタンは死体がすわっているシートのまわりを歩いた。

腰をかがめて、死体のヘルメットのなかをのぞきこむ。なんと、そこには、かつての友であり同志であった知的生命体のミイラ化した顔があった。

虎の王ことマン・グロは、ヘラの窪地で、《ナルガ・プウル》の建造を手伝ってくれたテラナーを待っていたのだ。

マン・グロは銀河系に飛行しようとして、クロノパルス壁にぶち当たった。そこで、ある方法を使ってヘラの窪地をつくりあげた。窪地の特異性に気づくと、トスタンほどのテラナーなら確実に関心をよせると思った。もちろん、トスタンが窪地を発見するには、まず故郷宇宙にもどる必要があった。

銀河ギャンブラーが死んだ友人の前に立ちすくむ。ふと、制御盤の金属プレートの横に置かれた友の手を見る。マン・グロはなにかをほのめかしていた。それがなんなのか、すぐにわかった！

トスタンは右手を伸ばして金属板に触れる。

鮮やかなグリーンの金属板。そのとき、ポジトロニクスが反応してふたたび言葉を発した！

「毛なし、ラトバー・トスタンの個人識別はできません。干渉因子を排除してください！ 干渉因子を排除してください！ 干渉因子を排除してください！」

「わたしの手はインパルス受信機の上にあるぞ」トスタンが叫ぶ。動揺していた。

「干渉因子を排除してください！ 識別もデータ抽出も不可能！」ポジトロニクスは一歩も譲らない。

トスタンは右手をはなして振りかえった。ポージー・プースがそこにいた。回転椅子の背もたれに立ち、ちいさな与圧ヘルメットのバイザーごしに友を見ている。

「ポージー、なぜポジトロニクスは期待どおりに反応しないんだ？」トスタンがイラつきながらたずねた。「なぜだ？ ポジトロニクスは必要なデータをすべてもっている。それを手にいれればわれわれはクロノパルス壁を突破することができるはずだ。マン・グロはわたしがここにくることを予測していた。いや、すくなくともそれを望んでいた。ポージー、きみはポジトロニクスの専門家だ！ 原因はどこにあるんだ？」

「ＴＳＳスーツのグローブです」キュウリ形生命体はすぐに答えた。「グローブの素材が個体インパルスの流れを乱すのです」

「本当か？」トスタンは興奮気味に叫んだ。「ポジトロニクス、そうなのか？」

「干渉因子を排除してください！ 識別もデータ抽出も不可能！」同じ言葉がくりかえされる。そのとき、接触板が強く光った。

「大きな友よ、おちついてください！」スヴォーン人がささやく。「ポジトロニクスはプログラムの閾値《しきいち》を超えられない。強制してもまったくもってむだです」トスタンが金属板の上に左手を、次に両手を置く。それでもカルタンの大型ポジトロニクスの反応は変わらなかった。

干渉因子の排除が延々と要求されつづけた。

これほどの無力感をおぼえたことは一度もなかった。銀河ギャンブラーは胸の前にある自分の手をぼんやりと見つめた。

その手はツナミ・スペシャル・セランの与圧グローブに完全につつまれている。

アアロン・シルヴァーマンが一歩前に出た。スキッパーがなにをしようとしているのかを察して阻止しようとする。アリ・ベン・マフルも心配してトスタンのもとへかけつけた。

「グローブをはずすのは無理です、スキッパー！」シルヴァーマンが強くいう。「絶対に無理です！　ＴＳＳに完全に固定されています。重戦闘用スーツですから」

銀河ギャンブラーが若いテラナーを見つめる。そして、蚊の鳴くような声でいった。

「手首のうしろに緊急用の圧迫帯がある。緊急時には完全に閉じるようになっている。分子破壊ビームを使ってグローブを手首の手前で切断してくれ」

「だめです！　手を失いますよ。ここは真空状態。死んでしまいます」

トスタンはシルヴァーマンを押しのけて、コンビ・ベルトにぶらさがっているエネルギー・ブラスターに手を伸ばそうとする。

アリ・ベン・マフルのほうが反応は早かった。ブラスターを奪うとカッチェンコに投げた。そして、トスタンの腕をつかんだ。

「自殺はいけません、スキッパー！　このデータが重要かどうかは、だれにもわからない。わたしには、カルタン人が解決策を見つけたとは思えません。マン・グロを見てください！　戦闘用スーツを着たまま死んでいます。ヘルメットが閉じられているのは、当時、すでにここに空気がなかったからでしょう。それはなぜだと思いますか？　次にきたときにコントロールセンターに空気を入れて温度を調節し、それから個人識別をおこなうべきです。さあ、もどりましょう！」

「賛成」カッチェンコが全員に向かっていった。

　カルタンのポジトロニクスは、訪問者たちにただちに退去するようもとめた。移動手段はすでに用意されていた。

《ツナミ＝コルドバ》からはなんの連絡もない。無線通信がHÜバリアによって遮断されていたからだ。

　結局、ラトバー・トスタンは仲間たちの反対を押しきることができなかった。からだは循環不全におちいり、最適にプログラミングされたサイバー・ドクターがアラームを鳴らしつづけていた。

シルヴァーマンがトスタンのピコシンを〝緊急態勢〟に切りかえた。奥のハッチが開いて、古い車輛のひとつが見えると、歩きはじめる。トスタンはマイクロ・シントロニクスにTSSを動かせてシルヴァーマンのあとについた。

こうして、大きな希望とともにはじまった遠征は幕を閉じた。たったひとつの与圧グローブのせいで、銀河系船団は信頼できる過去のデータを自分たちの目的のために分析することができなかった。

一行は無傷で惑星表面に到達し、ジャニュアリー・ケモ＝マサイに救助される。輸送艇は置きざりにされた。

ケモ＝マサイは《ツナミ＝コルドバ》に向けて全速力で飛行した。クロノパルス壁の進入路が縮小しつづけているとの報告がとどいたからだ。

9

アアロン・シルヴァーマンが悪夢から目ざめた。視界が晴れてようやく、せまくて寝心地の悪いマットの上に自分が寝かされていることに気づく。

ＴＳＳを着ているが、スーツからは空気が抜かれ、ヘルメットは脱がされている。周囲の喧騒は目ざめたばかりの五感には刺激が強すぎた。指示を出したり、はげしく口論したりする声が飛びかっていた。

「かれは真剣よ。本気なの！」シンタ・ラズロの声が聞こえる。

アアロンがうなりながら、からだを起こすと、カーリーヘアの黒い髪が見えた。その下では黒い目が輝いている。

「もう起きたのか？」アリ・ベン・マフルの声が聞こえる。「おまえは、あれを二回くらったのか？　痛みはそろそろ治まるだろう。さあ、こっちへこい」

アアロン・シルヴァーマンは手足にひきつるような痛みを感じる。そして、朦朧《もうろう》とする意識で口を開いた。

「なんだ、この騒ぎは？　みんなおかしくなったのか？」

「おかしくなってない！」アリ・ベン・マフルがいう。ほほ笑んで、いつもどおりの口調にもどる。「おれたちは正気だ！　だが、偉大なスキッパーが、ふたたび、みんなから赤ん坊のように保護されるのを拒否したんだ。古いテラナーの言葉でいうところの……そう、おれたちをペテンにかけたんだ」

「さっぱりわからない」目がさめきらないシルヴァーマンがつぶやいた。

「ここはコルヴェットTC＝K1。テク・ファナスが《ツナミ＝コルドバ》の司令室の乗員全員を受けいれてくれた。それ以外の選択肢はなかった。まさか、おまえ、トスタンの命令でTSSとヘルメットを装着したことすら忘れちまったんじゃないだろうな？」

「おぼえているさ！　いまも着てるから」

ベン・マフルがほほ笑む。けれども、その目はスクリーンに向けられている。そこには巨大球型艦《ツナミ＝コルドバ》がうつしだされていた。その輝きを見るだけで、パラトロン・バリアにおおわれていることがわかる。

ベン・マフルがスクリーンを指さす。

「あそこに、おれたちの誇り高き母艦が浮かんでいる！　無敵のバリアでおおわれている。トスタンは最初から、クロノパルス壁突破計画がみんなから反対されることを知っていたんだ。だから準備を念入りにしていた。窪地の開口部への飛行が危険になったとき、乗員はTSSを装着した。そのあと、スキッパーは旧式のポジトロニクス戦闘ロボットにわれわれをパラライザーで麻痺させて、輸送艇に連れていかせたのさ。おまえは、おそらく、そのパラライザー放射を二回受けたってわけだ」

そこで、シルヴァーマンの思考が明瞭になる。唖然としてスクリーンを見る。自分がコルヴェットの食堂にいることにようやく気づいた。

「大丈夫か？」ベン・マフルが無愛想にたずねた。「銀河ギャンブラーがなにかをたくらんでいるとは思っていたが、おれの予測とはちがった。トスタンはロボットを使ってわれわれを四隻の輸送艇にのせて脱出させた。ファナスのコルヴェットが全員をピック・アップしてくれた。そしていま、燃料を満載した《ツナミ＝コルドバ》はヘラⅢの軌道上にある。艦にはスキッパーとポージー・プースだけが乗っている。キュウリ形生命体はクロノパルス壁突破を志願した唯一の乗員だった。でも、キュウ公は事前にそれを明かさなかった！　おれたちはいま窪地の開口部に向かって飛行している。その幅はもう三光分しかない」

シルヴァーマンはまだスクリーンを見つめている。《ツナミ＝コルドバ》が速度をあげる。そのとき、ハイパーカム通信を介してコルヴェットに連絡が入った。ラトバー・トスタンの死んだような顔が逃避行中の搭載艇団のすべてのモニターにうつしだされる。最初の五機のスペース＝ジェットはすでに窪地の通路を光速に近い速さで飛行していた。

しばらくして、ラトバー・トスタンが話しはじめる。アアロン・シルヴァーマンはスキッパーのしゃがれ声を聞くのはこれが最後だと思った。

「見てのとおり、わたしの作戦は用意周到かつ、うまくいったようだ」銀河ギャンブラーはいった。シワだらけの口からは人工歯がむき出しになっている。「きみたちはもう安全だ。わたしはスヴォーン戦士とともに壁を突破しようと思う。成功したら報告する。もし成功しなかったら、死んだと思ってくれ。遠征後に治療をおこなってくれたロドニナのおかげで、わたしは元気だ」

トスタンは意図的に間をとると、《ツナミ＝コルドバ》の司令室の照明を点滅させた。そして意味ありげに手をひろげた。

「ポージーとわたしはふたりだけでこのすばらしい艦を飛ばしている。万が一、行方不明になっても、その事実を冷静に受けとめてほしい。大きな利益を獲得するためにはリスクはつきものだ。スタートの準備はすでにできている。これからATGプロジェクターを始動させる。それによって二秒先の未来にいき、光速に近い速さで壁の突破を試みる。トランスフォーム砲には最後の構造分裂弾を装填した。そのハイパーエネルギーをもとにして立ちはだかる未知の壁を破壊したい。みなに敬意を表する。きみたちはすばらしい乗員だ。少々乱暴に艦から追いだしたことを許してほしい。きみたちは自発的に船を去るような乗員ではない。だから、そうするしかなかった。とめられたくなかったんだ。ペリー・ローダンとアトランによろしく伝えてくれ。これで、ようやく、わたしも人類のためになにかできるかもしれない」

トスタンは手を振ると、通信スイッチを切った。コルヴェット隊の先頭艦が最後の輸送艇を壁の進入口へと導き、自由空間へと脱出させる前に、《ツナミ＝コルドバ》は速度をあげてアンティテンポラル干満フィールドの相対的未来へと姿を消した。

しばらくして《カルミナ》に乗船するアトランから報告がきた。進入口は縮小しつづけているという。

シルヴァーマン、ベン・マフル、シンタ・ラズロは、コルヴェットの食堂にすわってこの先の展開を待っていた。

一一四三年七月十日午前十一時十六分。《ツナミ＝コルドバ》が消えてからすでに四時間が経過していた。

ロドニナ・コスナトロワが司令室の乗員のあいだにわりこむようにしてすわる。ロンベ・マッシモとアダム・ピッテンブルクは無言だ。ムラク・トブロン・ハーンは部屋のすみに立ち、握りしめた両手を見つめている。

トブロン・ハーンはトスタンの大胆な試みが成功することを願っていた。数々の危険をおかしてきたスキッパーにできないことはない、と。

「もう四時間たったわ」神経プシオン学者のロドニナがささやいた。「探査機ですら、これほど長く壁の近くに滞在したことがない。シンタ、成功すると思う？　この時間ならもう壁に到達して侵入しているはずだわ」

シンタ・ラズロはなにも答えない。そのとき、TC＝K1の探知装置が反応した。巨大なハイパーエネルギー性ショック前線が検知されていた。超光速探知装置のモニターに球状の格子《こうし》模様がうつしだされる。

クロノパルス壁のまんなかにあるその模様は、巨大な爆発によってできたものにちがいなかった。

光速の電磁的放電インパルスの測定には時間がかかる。結果が出た数秒後に光が到達した。

光学探知システムのモニターに青白い火球がうつしだされる。それは急速に拡大し、最後にはモニターにおさまりきれなくなった。

ラトバー・トスタンはたんに力に屈服して破滅することを望まなかったのだ。

シルヴァーマンとベン・マフルが暗い気持ちで司令室へと向かう。アトランが口を開くまでは全員無言だった。

モニター上でアトランの白い髪が輝いている。

「搭載艇団はこれからフェニックス＝1に向かってくれ。《カルミナ》もそこに向かう。こんなことになってしまって本当に申しわけない。きみたちにはあらたな任務を見つけるつもりだ。ラトバー・トスタンは、かれらしく生き、そして、かれらしく死んだのだ」

シンタ・ラズロが浮遊するカメラの前に歩みよって敬礼する。

「トスタンは立派な男だった！　みずからをまともな人間だと思いこんでいる多くの人たちよりも、ずっと善良で、寛容で、人間的だった。だれからも理解はされなかった。けれども、ひとつだけ明らかなことがある。トスタンは、かれ自身とわれわれの人間性のために、あのようなかたちの死を選んだのだ」

あとがきにかえて

岡本朋子

　このたび、宇宙英雄ローダン・シリーズの翻訳をはじめて担当することになった。世界最長のスペースオペラの翻訳に途中から参加するのは正直不安だったが、翻訳をはじめるとすぐに物語の世界にのめりこんだ。本書が私にとってローダン・ワールドへの最初の一歩になった。

　最初の一歩といえば、数日前、無人探査機「ＳＬＩＭ」が日本初の月面着陸に成功した。ローダン・シリーズも、人類初の有人月宇宙船《スターダスト》が月面着陸したことからはじまっている。つまり、人類にとって月は宇宙への最初の扉なのだ。

　自分の名前に月という字がふたつも入っているため、昔から月が大好きだ。そんな私が翻訳をとおして宇宙への扉を開いたことは、必然かもしれない。日進月歩で引きつづき邁進する所存である。

訳者略歴　大阪外国語大学外国語学部地域文化学科卒，ドイツ語翻訳家　訳書『ドイツ帝国の正体』ベルガー，『ミルク殺人と憂鬱な夏』クルプフル&コブル（以上早川書房刊）他多数

HM=Hayakawa Mystery
SF=Science Fiction
JA=Japanese Author
NV=Novel
NF=Nonfiction
FT=Fantasy

宇宙英雄ローダン・シリーズ〈707〉

クロノパルス壁《へき》の飛《と》び地《ち》

〈SF2433〉

二〇二四年二月 二十 日　印刷
二〇二四年二月二十五日　発行

著　者　H・G・フランシス　K・H・シェール
訳　者　岡《おか》本《もと》朋《とも》子《こ》
発行者　早　川　　浩
発行所　株式会社　早　川　書　房

郵便番号　一〇一 - 〇〇四六
東京都千代田区神田多町二ノ二
電話　〇三 - 三二五二 - 三一一一
振替　〇〇一六〇 - 三 - 四七七九九
https://www.hayakawa-online.co.jp

（定価はカバーに表示してあります）

乱丁・落丁本は小社制作部宛お送り下さい。送料小社負担にてお取りかえいたします。

印刷・信毎書籍印刷株式会社　製本・株式会社明光社
Printed and bound in Japan
ISBN978-4-15-012433-5 C0197